月光流淌的村庄

安文丽 题

孙鸿岐 著

YUEGUANG LIUTANG DE CUNZHUANG

敦煌文艺出版社

图书在版编目（CIP）数据

月光流淌的村庄 / 孙鸿岐著 . -- 兰州 : 敦煌文艺
出版社 , 2020.12（2022.1 重印）
ISBN 978-7-5468-1988-4

Ⅰ . ①月… Ⅱ . ①孙… Ⅲ . ①诗集 – 中国 – 当代
Ⅳ . ① I227

中国版本图书馆 CIP 数据核字 (2020) 第 224999 号

月光流淌的村庄

孙鸿岐　著

责任编辑：尚再宗
装帧设计：吉　庆

敦煌文艺出版社出版、发行
本社地址：（730030）兰州市城关区曹家巷 1 号
本社邮箱：dunhuangwenyi1958@163.com
0931-8159371（编辑部）　　0931-8773112（发行部）

天津海德伟业印务有限公司印刷
开本 880 毫米 ×1230 毫米　1/32　印张 10.5　字数 195 千
2021 年 3 月第 1 版　　2022 年 1 月第 2 次印刷
印数：4 001~6 000 册

ISBN　978-7-5468-1988-4
定价：68.00 元

序

柴瑞林

无意中抬头远眺，窗外已树木参天，绿荫浓郁。田野里布谷声声，麦浪翻滚，惠风送爽，好不惬意！打开电脑，鸿岐先生的书稿《月光流淌的村庄》，文字的灵性飘散着油墨的清香，浓郁的乡土气息，吸引我进入他广袤的精神原野和细腻的情感世界，感受诗人字里行间所描绘的那四季轮回的足音。远山在静默中思索，古老的环江依旧汩汩不息。

鸿岐先生生于20世纪60年代，一直生活在故乡庆阳这片热土上，悠久的历史，厚重的地域文化，赋予了他太多的乡愁。故乡的一山一水，一草一木都是他诗歌创作的源泉。他的诗集按主题分为："大塬之上、月光之下、生命之光、四季之歌、岁月之痕"五个章节。环河清澈的溪流、山中的草绿鸟鸣、村庄的炊烟袅袅、田野上麦浪滚滚，读来温暖、明亮，充盈着他对故土、对乡亲、对生活的热爱之情，让我领略到诗人心灵苍穹的高远与情感世界的博大。

写诗是一个熬夜又不赚钱的苦差事，但鸿岐先生几十年如一日，甘于寂寞，甘愿自讨"苦"吃，特别是近年来他在做繁忙的编辑工作之余，仍坚持创作，精神难能可贵。他写诗歌联想丰富，思想高度集中，对诗歌有准确的表达能力；语言精练、形象、音调和谐、节奏鲜明，能够写意、点染、静美、恬淡地呈现生活，读他的诗歌给人一种听音乐一样美的享受。从他的诗歌中可以看得出他是一个很有灵性的人，如他在《夜》的这首诗歌里写道：

你来了

黄昏开启暂停模式

蚂蚁，蜜蜂，集市

以及村庄

统统停止了喧闹

进入休眠的

静音状态

你的命运很孤独吗

不，你看

皓月为你当空

星星为你媚眼

蟋蟀，青蛙，猫头鹰

喊着口令为你值班、巡逻

夜来香吐着迷人的气息

增添你的神秘色彩

我一不小心踏进你心灵的王国

遨游在你那宽阔无垠的胸襟里

领略韵致独特的风景

倾听你内心真实的声音

感受你心中蕴藏的无限玄机

是你将我稚嫩的文字

激发得蹦蹦跳跳

不安分地从笔尖跌落

站成一排排小小的风景

为我的心情一次次换装

"心若沉浮

浅笑安然"

……

　　什么样的诗歌才是好诗歌呢？我觉得首先是为大众所理解和喜爱的。孙鸿岐的诗歌恰恰就是如此，他总是采用通俗易懂的表达方式使诗歌呈现出空灵而富有内涵的鲜明特色，诗人擅长用一种现实与虚拟的情景营造氛围，从而凸现出其艺术视角的新颖与思维脉络的奇特。细细品味他的每一首诗，都能从中得到人生的启迪和唯美的享受，这也正是他诗歌的魅力所在。他在《天下第一"姑"》中写道：

　　你从《诗经》中走来

　　你从《尚书》中走来

　　你从仓颉造字中走来

　　你从上天飘然而来

　　身姿曼妙舞翩跹

一袭绿纱情缱绻

是你洒下心灵的圣水

唤醒沉睡的大地

沐浴辽阔的原野

为山川换上新装

给江河注入活力

万物因你的到来欢欣鼓舞

我因你的无限魅力感慨万端

世界酝酿着你的故事

人们将最美的希冀托付与你

　　这图画般的美丽景致，让人感觉诗人如同一个优秀的摄影师，把大地、原野、山川、江河融入一个取景框里，随意泼墨成一幅幅意境幽远的春景图。此诗的绝妙之处正如诗人建军先生一语中的"文重怀古，全文却找不到一个古字；描摹春天，全诗未著一'春'字，而尽得整个明媚之春天。"此种借力打力之技，实为绝妙，也可谓作者匠心独运。在我看来，鸿岐先生的诗不仅仅是智者之诗，更是情者之诗。他的诗充满丰富的热情与赤诚，在沉静睿智背后燃烧着火热的真情；在简洁凝练里，蕴藏着丰厚的内涵。他始终以一颗赤子之心，以自己美丽纯洁的灵魂来表达着对生活，对家乡的热爱。比如他在《环江遐思》中写道：

看那些开拓者的脚印

装满了游子的深情呼唤

那些耳熟能详的故事

丰盈着你魂牵梦萦的盘算

一万里的风雨兼程

唱响了生命嘹亮的战歌

环江，五千年的流金岁月

大浪淘出历史的本色

波涛冲走了多少血和泪

黄土沉淀了多少痛苦与欢乐

心底的眼泪汹涌成河

在九曲蜿蜒地流淌里

把永恒深深地镌刻进史册

浊流洗去我的一路风尘

任思绪在时光隧道里穿梭

心情一如这奔涌的浪花

任何语言都苍白到不能诉说

沿着环江弯弯曲曲的记忆

涛声突起，拍打两岸风景

千年涟漪，把老区的风物

长吟短叹

浸润我的乡土

布施永恒的甘霖

老爷山的雄浑千年不变

环江水的柔美一尘不染

千年的乡民苦苦寻觅

只因万丈峡谷

把梦的翅膀阻断

如今，环江的柔情

攻克了山峰的坚硬

河水的灵魂

陪伴着大山的爱意

……

　　简约而又深邃的诗句，诗情浑厚且积极向上，让读者随着诗歌一起走进他的家乡和家乡人民的梦想，展现出了一代又一代环江人"生命不息，奋斗不止"的悲壮精神。从他的诗歌里可以看得出他也是一个具有强烈的社会责任感、历史感、文化感的人，是一个敢于主动承担社会责任的人，更是一个精神超脱的人。他以灵动的笔触，在平淡中挖掘生活的诗意，摄取人生的风景，表达对生活的感悟与思考、悲悯与同情。他在很多诗歌中把对人生理想的向往、对现实生活的关注、对美好未来的希望交融在一起，融进自己的视野和情感，形成一个色彩绚丽、变幻多姿、多层立体的诗意空间。他在《环江之歌》中写到这样一段话：

听燕雀呢喃

乡情是你的脉搏

风高土燥是你的气节

雨滴是你相思的泪水

为盼一滴雨啊

你受了多少哀婉伤悲的痛

如果说雨滴是你希望的音符

你的心海承载了多少梦想的歌谣

……

全诗情景交融，感情深沉而又含蓄凝练，充分体现了诗人"沉郁顿挫"的艺术风格。什么是诗？什么是生活？我的理解生活就是诗，诗就是生活。读鸿岐的作品，我被一种浓郁的生活气息所围绕所浸润。他的诗歌写作是有根的，根就扎在家乡的土壤里，扎在农村广阔的田野里，他热爱自己的故乡和亲人，始终把自己写作的落脚点放在故乡，放在村庄，写故乡的事物和乡亲，写村庄的温情和感动。他的诗歌里也充盈着人性的和谐、心灵的善意和生活的无奈，使读者感受到他的深爱悲悯和故土乡愁。请欣赏《老窑》这首诗：

土窑洞从爷爷的嘴巴里溜出

窑顶摆桩上悬挂着两只篓子

装着熏黄了的腊肉

上面还挂着长长的两条辫子

一条辫子是辣椒

另一条辫子是大蒜

它们都是龙凤呈祥的姿势

脚地上摆放着古色古香的老北京柜

柜子上面雕刻有二十四孝图案

这些图案流动着老院的风水

扇火的风箱走漏了风声

晃动着摆桩上的古铜铃铛

撞响了几个朝代的痛

没有谁比这老窑更老

墙壁上脱落的泥皮

极像老爷掉落的牙齿

今天，老爷在墙壁上不言语了

老窑也仿佛在沉思着什么

　　有深度的诗，总能让人感受到内在的力量，读过之后回味无穷，诗歌的深度与广度是吸引读者的重要之处。我读鸿岐先生的作品心情总是不能平静，诗人对自然景物和生命景象的敏感，渗透着的是诗人的自我审美意识，是与诗人的情感状态、诗艺修炼、知觉特性紧密相连的。诗人书写的每一个意象，每一种色彩，其实都是自我心理、自我心灵色彩和音韵的外化，表明了诗人精神的升华。

他的诗集里大量反映农村生活的诗歌有很多，可以看出诗人在正确理解农村生活的艰辛和坚韧的同时，含有一种化解不开的浓浓的亲情和乡愁。鸿岐是一位对生活对工作充满激情的人，他的诗不但让我们顿悟人生，也让我们明白人生的追求，他对生命，对岁月有着自己独特的见解，把它通过诗句讲述出来，如同悠扬的旋律紧扣读者心弦。

作为故乡的诗友，我一直关注鸿岐的诗歌创作，曾经读过他的很多作品，被他那独特而又醇厚的风格所吸引。此刻，在这个夏雨敲窗的夜晚，欣赏着鸿岐的诗稿，如同品一杯飘着淡淡香气的清茶，感到非常亲切和舒畅。

鸿岐先生的诗作整体构筑讲究新意、富灵感、具个性化，如果在有些句读上再精雕细琢一点，扩大一下张力，就更加完美了。作为同样把写诗视为生活方式的我，发自内心地为他不懈努力、收获连连而倍感欣慰。同时，希望他在以后的写作中进一步提升驾驭文字水平。青莲居士李白曾有诗云："大鹏一日同风起，扶摇直上九万里。"真诚地祝福鸿岐先生的文学天空愈加宽广。我们拭目以待，殷殷期盼！

撰此文，是序亦是续……

2020年6月10日于北京

柴瑞林，女，甘肃庆城人，出版文学专著20余部，定居北京。

目录

Contents

第一辑　大塬之上

003	环江之歌	038	村魂
012	行走在董志塬上	040	东方丽晶茂
016	老窑	042	东老爷山
018	陇东，那轮满月	044	孤梅
020	走进环江	046	环江柳
022	环江遐思	048	龙马山
026	环县道情剧	051	陇东马茹刺
028	环县皮影戏	053	庆阳苹果
030	环州火龙	055	荞麦花开
032	看道情皮影戏	056	塞酒
034	八珠花海	058	丝路崆峒梦悠远
036	春游西安大唐芙蓉园	061	宋塔遐思

063 蹚过紫花盛开的季节

065 昔家牡丹

067 一只雄鹰从西北的
     天空飞过

069 在魁星楼上打坐

071 在乡村的花海里行走

073 致鑫禾牧业

075 走进河连湾

077 平乡瓦房建筑

079 在故乡的山脉，邂
     逅羊群

第二辑 月光之下

083 "燎疳节"之夜

085 朝暮

087 沉醉的月光

089 冬天里的老槐树

090 黄昏

091 家园

093 龙抬头

096 年味

098 让雪遇见

100 乡音

103 乡愁

105 乡味

106 夜

108 一抹夕阳

110 在那月光流淌的地方

111 冬日的黄昏

114 祖辈的大山

116 石磨

118 坐在雨的外面

第三辑　生命之光

123　被风吹走的两张纸牌

124　艾叶草

126　丰碑不朽

128　火柴

129　流年

131　龙舟

133　凝重的思绪

135　人间大爱

137　生命的风景

140　生命的亮光

142　庆阳香包

144　洋芋

145　在烈火中永生

149　在一本书的心房里歌唱

151　新雨

153　忠诚卫士

155　粽子

157　祖国 母亲

160　祖国的花朵

第四辑　四季之歌

165　畅想春天

168　春

170　春天，一场细雨

172　春天的信仰

174　清明

176　秋

180　四月桃花

182　桃花红了

183　送别清明

185　天下第一"姑"

187　夏　日

189　夏之梦

191　仰望梅花

193　一朵花的哲学

195　在九月的枝头上歌唱

198　正月，一场春雪飞扬

199　种牡丹的人

第五辑　岁月之痕

203　春耕图

206　悼念文友王振虎

208　悼念民间艺术家
　　　白玉玲老人

210　彷徨

211　扶贫队员之歌

214　扶贫

216　耕

218　致交警

221　忠诚卫士

223　扛一面旗行走

225　腊八情

228　霾

230　时间上的布丁

232　祈雨

233　酒

234　岁　月

236　行走在岁月的季风里

237　关于豌豆地里的文字

239　甜

240　倾 听

241　生命之旅

244　像蝉一样

246　孝

248　邂逅一朵莲

251　心中的风景

253　心中的梦想

256　信 任

258　夜归人

260　一场春风

262　一场战役

264　一滴水

265　一件泛白的旧棉袄

267　一只鸟啄伤冬的尾巴

269　一字诗

270　缘

273　愿

275　在那激情燃烧的岁月

278　长城不倒

280　执着的脚步

282　致《环江夜听》

284　致老年

附录

289　寻找春天的锦绣

301　吟诵在黄土高原之上

313　后记

306　写心为道中的乡土
　　　情怀

第一辑

大塬之上

一条路

穿越历史的隧道

我看见张骞西出阳关

用驼铃声声

擦亮汉唐文明

环江之歌

在那河水环绕的地方

有我热恋的故乡

你那略带苦涩的乳汁

哺育我们健康成长

你用赤热的情怀

温暖着我疲惫的身心

你用心灵的圣水

浇灌着游子梦田的茁壮

在那山脉起伏的地方

有我热恋的故乡

一座座雄伟的山峰

俯瞰历史的雨落风狂

在风风雨雨的微笑中

慰藉祈祷者

灵魂的亮光

在那峡谷交织的地方

有我热恋的故乡

纵横万象的道道沟壑

收藏着我童年的欢乐与忧伤

当微风吹响环江的涛声

有一支遥远的歌谣飘来

唤醒了多少无邪的笑靥

消解了多少心中蕴藏的结

在那星光灿烂的地方

有我热恋的故乡

星罗棋布的座座村庄

勾勒出新农村的美丽画廊

村与村相依，乡与乡相望

犹如一颗颗洒落在海面的珍珠

闪烁着璀璨的光芒

听燕雀呢喃

乡情是你的脉搏

风高土燥是你的气节

雨滴是你相思的泪水

为盼一滴雨啊

你受了多少哀婉伤悲的痛

如果说雨滴是你希望的音符

你的心海承载了多少梦想的歌谣

多少次风云掠过大地的苍茫

你坚实的脊梁挺起岁月的沧桑

踏着四万年前

旧石器时代"环江人"的足迹

让我们一同倾听来自远古的声音

山、水、沟、河，村、乡……

汇聚成一种美妙的交响

在环江人的血管里涓涓流淌

灵武台身世的扑朔迷离

宋塔的千古巍峨

兴隆山的静穆凝重

苏维埃省政府的浑厚雄壮

皮影神韵的精彩异常

道情唱腔的荡气回肠

西北汉子的风流豪爽

寥廓草原牛羊肥壮

沃野田园稻谷飘香

……

环江啊！环江

你流传着多少美丽动人的传说

我的文思因你的美乱了章程

我的文字为你的美失去力量

大浪滔滔，声震寰宇

千年文明，生生不息

面对如此苍茫如此深远之河

是谁独怆然而涕下

环江奔腾

浩荡的洪流冲过历史翻卷的漩涡

我的故乡，勤劳勇敢的人民

一十三个民族相濡以沫

金戈铁马，美酒玉樽

沧海桑田，男耕女织

面对如此生动如此精美之河

是谁采菊东篱始见南山

激流勇进

洗刷百年污浊

放眼北望

山城堡战役硝烟散尽

曾经的惊涛骇浪拍击峡谷

涌起过多少命运的颠簸

勇往直前，义无反顾

一路豪歌，涤荡千古

面对如此壮烈如此浩瀚之河

是谁宣告数风流人物

还看今朝

我游览过水平如镜的西湖

欣赏过波澜壮阔的黄河

但是你的一山一水一草一木

这些平凡得不能再平凡的事物

却让我难以忘怀

你虽没有北京的壮丽

上海的繁华

桂林山水的秀丽

庐山瀑布的磅礴

可你在我的心中

占据着无可替代的地位

你有一个神圣的名字

那就是——环江

滚滚洪流

拍打着历史的堤障

涌动的血液

奔腾着迷人的浪花

站在新的历史起点上

环江儿女勇立潮头

横渡沧海 乘风破浪

不忘初心 巨水逐浪

用共同富裕描绘憧憬

以砥砺前行写下复兴

环江啊! 环江

你跳动着时代的脉搏

用速度, 用实力

见证历史的辉煌

可爱的环江

无论我走到哪里

我都要挽住你力量的臂膀

无论我身居何方

你都温暖着我的心房

环江呵, 环江

我热恋的故乡

你永远充满希望

环江呵，环江

你永远蓬勃向上……

2019 年 4 月 16 日于环县

行走在董志塬上

行走在五千年文明的董志塬上

仰望遥远的星空无限遐想

是谁挺起了一个古老民族的脊梁

将不屈的头颅

昂扬成一种姿势永远向上

长风夹裹着你粗犷的豪情

阳光挥舞你的万紫意境

是谁用原始的火种

点燃炎黄文明的火炬

是谁的双臂

举起一弯明月

举起一轮太阳

举起了一个时代的文明

行走在广袤无垠的董志塬上

是谁用真诚的绿

把万里江山渲染得分外妖娆

是谁用明晃晃的灯塔

点亮人们前行的方向

行走在魂牵梦绕的董志塬上

低垂的云朵

亲吻着地球上

这块最厚实的肌肤

多少回在梦中

倾听你的诉说

多少回在心中

感受你的声音

甘甜的泉水

是你哺育子民的乳汁

清香的五谷

是你赏赐我们的恩惠

村庄的笑脸

是你展示力量的源泉

一望无垠的田野里

有你自由奔涌的血液

这里的黄土地

印鉴着西北汉子浅浅的足迹

这里的白杨林

见证着农家姑娘深深的爱意

董志塬，让我们相约在

这诗意的月光里

牵手篝火燃烧的冬季

云卷为书，百川为笔

歌唱吧，美丽神奇的董志塬

你是我心中的魂魄

生命的摇篮

老窑

土窑洞从爷爷的嘴巴里溜出

窑顶摆桩上悬挂着两只篓子

装着熏黄了的腊肉

上面还挂着长长的两条辫子

一条辫子是辣椒

另一条辫子是大蒜

它们都是龙凤呈祥的姿势

脚地上放着古色古香的老北京柜

柜子上面雕刻有二十四孝图案

这些图案流动着老院的风水

扇火的风箱走漏了风声

晃动着摆桩上的古铜铃铛

撞响了几个朝代的痛

没有谁比这老窑更老

墙壁上脱落的泥皮

极像老爷掉落的牙齿

今天，老爷在墙壁上不言语了

老窑也仿佛在沉思着什么

陇东，那轮满月

在一个月白风清的夜晚

我站在陇东高原

遥望那山川平原

守候在田野里的荞麦迎风摇荡

空气中到处弥漫着醉人的体香

金色的苞谷给人无限遐想

双手轻抚你的脸庞

成熟的欢笑带走往日的忧伤

把一年中最美的风景定格心上

在这月光流淌的地方

游子的梦圆了　鼓了

圆得像故乡的石磨和西瓜

鼓得似村口那石碾、碌碡和玉米娃娃

一只只箩筐盛满各色水果

五谷杂粮颗颗饱满　粒粒归仓

冒着尖尖的粮囤唱着丰收的赞歌

农家小院里那一串串红红的辣椒

与村民火红的日子暗中较量

庄稼人啊，大写的人

将自己的节日装在随身的背篓里

将喜悦荡漾在微微上翘的嘴角上

用浓浓的情甜甜的话灿灿的脸

诉说着团圆的浪漫与吉祥

是他们用热血　燃烧激扬的文字

用青春　描绘江山如画的气概

让秋染飘絮的诗韵

落在芬芳四溢的诗行上

走进环江

走进您

驻足

仰望白云从蓝天飘过

细数你的悲壮

梦中的汹涌

从远古的岁月走来

历史阻挡不了

您奔流的脚步

大风的曲调咏叹着

你繁衍的茁壮

祖辈的足迹

道不尽您的曲折与沧桑

深深的脚印

装不满游子对您的呼唤

唯有那不朽的歌谣

依然飘荡在历史的两岸

化为

我对您永远的

眷恋

……

环江退思

冬天里的春风

吹拂着我的高原

裸露的大山

经春雨一润

便有了绿意

环江上的经幡永恒

夹杂了最热烈的

期盼，而眼前

那黄沙倾吐的风

不再迷乱

看那些开拓者的脚印

装满了游子的深情呼唤

那些耳熟能详的故事

丰盈着你魂牵梦萦的盘算

一万里的风雨兼程

唱响了生命的战歌

环江，五千年的流金岁月

大浪淘出历史的本色

波涛冲走了多少血和泪

黄土沉淀了多少痛苦与欢乐

心底的眼泪汹涌成河

在九曲蜿蜒地流淌里

把永恒深深地镌刻进史册

浊流洗去我的一路风尘

任思绪在时光隧道里穿梭

心情一如这奔涌的浪花

任何语言都苍白到不能诉说

沿着环江弯弯曲曲的记忆

涛声突起，拍打两岸风景

千年涟漪，把老区的风物

长吟短叹

浸润我的乡土

布施永恒的甘霖

老爷山的雄浑千年不变

环江水的柔美一尘不染

千年的乡民苦苦寻觅

只因万丈峡谷

把梦的翅膀阻断

如今，环江的柔情

攻克了山峰的坚硬

河水的灵魂

陪伴着大山的爱意

远处的青山不再沉默

是谁筑起时代的辉煌

是谁重新书写这山村的历史

让荒芜和贫瘠随环江水流去

是谁让我们守住了青山

守住了绿水

守住了小康梦想

环县道情剧

星星眨着眼睛

晚风徐徐吹来

农家敞口窑洞里

四弦琴弹唱着曲子

放飞环江人的思绪

生命季节里

灵魂绽开绚丽的花朵

琴弦上跳动的音符

散落了一地乡愁

溅起缕缕清香

道情剧啊

时而高亢悠长

时而跌宕起伏

越过山峦

漫过春水

流淌在环江人的血管里

道情剧折过了腰

剧情就进入高潮

故事的情节

铺架起心灵的虹桥

再上一道美丽霞光

让爱情激动万分

使生活流光溢彩

道情剧啊

摇碎了天上的明月

缠绵了环江人一生的梦

1994 年 10 月 10 日

环县皮影戏

沿袭大山的神韵和环江水的柔情

皮影戏

一种对幸福的渴望

一种对生命的歌颂

黄土窑洞里

抱灯艺人字正腔圆的唱腔

引领着昂奋的思绪

优美绝伦的挑纤表演

演绎山里人那千年风韵

皮影人抖落了飘雪的季节

当四弦琴和唢呐声响遍山川

生命的道情已注入我的血液

梳理着我对环江的构思

皮影戏啊

你那独有的风采和灵性

使我嗅到了

浸满黄米酒芳香的窑洞

醉倒在你充满

阳刚与阴柔之气的

旋律中

环州火龙

横空破苍穹

腾雾展雄风

独揽大江南北

横扫世间邪恶

叱咤风云万载

俯瞰大业千秋

踏平坎坷冲霄汉

云蒸霞蔚起波澜

除残祛秽雷火涌

冠魔寂灭逃无踪

试看天下谁与争锋

唯我环江火龙

望环州大地

千岩竞秀

万舸争流

2020 年 3 月 4 日

看道情皮影戏

腊月的西北角

以及更远

道情皮影戏

在平静之夜感染乡下人

头颅都成倾斜状

一同向着一个纸亮子

看戏人的脸落满灰尘

这是一个敞口窑洞

纸亮子上演着

相公招姑娘的喜剧

也有奸臣害忠良的悲剧

有人小声讲解着故事情节

旱烟的火星一闪一闪

婴儿吮吸着乳头睡在母亲怀里

鸡叫三遍时

透天明的戏也就进入尾声

更远的山坡上

很猛的西北风

撼动着落了叶的杏树

2002 年 7 月 22 日

八珠花海

传说这里有八颗珠宝深藏地下

曾吸引无数人跃跃欲试一探究竟

今日，八珠塬有百万花海

引得大大小小的蜜蜂　蝴蝶

浅眠于露珠睡过的床上

做着农业观光和乡村旅游的梦

我小心翼翼点开隐匿的羞涩

却散落了一地乡愁

七夕说到就到

所有的相思堆积在月光之下

那些情窦初开的俊男靓女

心中的小鹿不安分地扑腾

伸手揽一袭花香入怀

把爱的故事栖息在那片花海

成就生命里那段最美丽的花开

八珠花海对外界是个谜

而月宫的嫦娥已经来度假了

仙界的吴刚也来

为黄土塬的琼浆点赞

天宫的蟠桃会还没来得及开

人间的采摘园已经抢尽风头

川流不息的游客满面春风

与沿路绽放的牵牛花赶着趟儿

哦，不能再等了

再等，就错过花事了

春游西安大唐芙蓉园

春日的雨滴

带着几许悠然，几许洒脱飘落

当轻风吹过芙蓉园的窗楹时

你就可以打开历史的尘嚣

看那千年池水的浓妆淡抹

细数大唐国度阳光下的芙蓉

点点的灿烂足以托起所有的梦想

其实，我们都是从唐朝经过的一粒种子

在一些特定的时刻发芽，生长

扎根于欲望的土壤

在寂静的等待中，彼此较量

长成这里的一棵柳抑或一朵花

或洒落荫凉，或沐浴阳光

或伫立在细雨中，或旅行在春光里

当烟雨漫卷了所有的烟尘时

人们都已好像忘记了曾经

忘记了皇帝、贵妃、诗人

忘记了时光终究要斑驳成一棵老树

而我更愿意成为一滴雨

自由行走在大唐芙蓉园里

然后，抛开所有的心事

滴落成你最美的样子

村魂

群山翘首

试图望穿天空

大地之母

从最柔韧处分娩村庄

传承千年的烟火

软化了一些坚硬的事物

古老的方言

从岁月的缝隙里流出

尘封百年的秘密

被伸着懒腰的炊烟泄露

土窑洞的土炕上

泥制的火盆罐罐茶翻腾

煎熬着酸辣苦甜的日子

渴了喝几口酽茶

累了吼几声道情

牧者的脚步

踩不完黄土路上的羊蹄印印

也跟不上骡马蹄声的回响

黄昏从牧羊犬的眸子里滑过

月亮从山口悄悄爬起

窥视着人间正在发生的故事

东方丽晶茂

你把庆阳精神

提炼出来

立在董志塬上

让新世纪的光芒

璀璨每位来访者

风雨中的天地

阳光下的魅力

写就时代绚烂

彰显地域力度

你的内涵和外延

宣示着陇东信念

来吧，朋友

东方丽晶茂

不负众望

一定让你乘兴而来

满载而归

2019 年 1 月 5 日

东老爷山

东老爷山，张开用时光磨砺的牙齿

反复咀嚼象征六十四卦象的六十四个台阶

让我们重新认识田野、建筑、雕刻、庙宇和山村

两条巨龙由西蜿蜒而上

把祖师峁的那颗明珠，虔诚地拱起

元、明、清时代的楼阁打了个喷嚏

远古的风和云就肩并着肩地走了过来

为我们成全了一些神奇的事物

祖师殿、魁星楼、玉皇殿以奇松、碑林布局谋篇

用深邃的目光，一次次测量着天空的高度

元时的砖雕以喜上梅（眉）梢拉开帷幕

以"鹰"（英）雄斗智展开故事情节

当琴、棋、书、画携手丹凤赐福上场时

一种远古的姿态已将剧情推向高潮

演绎出读、耕、樵、渔与四福降临的完美典章

所有的笔墨，试图私藏一座山的风采

帝王将相、文人墨客，只能无数次折腰

老爷山是否是建筑史上一绝，已无关紧要

要紧的是，它催开了四合塬畔的月色

催开了时光里训练了弹性的那些向阳花朵

它们总是不厌其烦地

向游人传递花开的声音

在风雨如磐的日子里

为山里人守住了初心

孤梅

你从蒹葭苍苍的

诗经里一路走来

身着黄沙

在历史的夹缝里

生存，挺立

用百折不挠的意志

迎击风刀霜剑

你博大的胸襟

包揽了尘世间

所有的无情与冷酷

用一腔热血

喂养出自己

盖世无双的

气魄

将自己的灵魂

绽放成

这个世界上的

独美

初心不改

只为回报脚下这块

你深深爱恋的

土地

环江柳

不羡牡丹的高贵典华

不慕茉莉的清新淡雅

不仰玫瑰的艳丽多姿

只管自己埋头深深把根扎

寒冬蹒跚而去

你收获了灵魂的升华

当七月淡去初夏的腼腆

你那丰韵的身姿

妩媚了环江两岸

你淡定从容地应对风雨雪霜

用忍耐与坚持

诠释刚柔相济的生存之道

用真诚的绿

展示生命的坚强

将一生的心血和汗水

凝结成精彩的诗行

龙马山

龙马山，自远古洪荒而来

立于炎黄文明河畔

气势仰凌霄汉

与小石桥地脉共振

飞扬的苍云

惊叹于你雄姿的神奇

腾云的长梦

呼啸九天

秦时的明月剑影

把动人的故事一代代流传

汉时关隘的烽火

呐喊出一些传奇

从历史窗口流出的长风

流成一条河流

流成一个标志

流向碧波万顷的东方

令多少代人的梦

变得潮湿

你的脊梁

挺起一个民族的信念

昂扬的青丝

掠过千秋万代

怀抱里的象形文字

从唐诗宋词上站立

每一字的蠕动与奔涌

都凝练成天上的彩虹

与天比高的气魄

举起炎黄文明火炬

龙马精神啊

把梦想点燃成

天边的明星

陇东马茹刺

贫瘠

不是你的专利

浑身长刺

出于自我保护

天干地燥

你自强不息

喉咙干渴

照样歌唱大风

烈日炙烤

依然吐绿抽芽

美美的心意

等来春暖花开

用一颗赤诚之心

结出最美丽的甘果

把有限的生命

无限放大

生生世世

亘古不灭

庆阳苹果

记得初次相会

你那微泛红晕的脸颊

透出特别的气质

吸引了多少人

驻足，观看

为了让人类懂得万有引力

你曾砸中牛顿的头颅

为了让乔布斯的产品享誉全球

你奉献了自己的名字

关于你的前世今生

无须过多表白

秋天的月老

见证了你我的爱恋

金玉满堂的福音

将蜜意种满心田

荞麦花开

你伴着微风

轻轻飘来

超然的洒脱

浅浅翻开我的懂

一袭纯洁的夜光白

摆展至最的花容

梦中的蕊魂

忘记了七月的相思

颠覆了我心灵的钟情

借来蜜蜂浅吟低唱

唤来几许甜蜜

醉了一片光阴

塞酒

祁连之巅

承载太多思念

月圆月缺

塞酒依然

长城脚下

与知音对饮

不觉星斗霜漫天

啜落当空明月

斟满黎明晨曦

异乡开怀酒将尽

人生虽苦味悠长

塞酒，塞酒

哪里是你的源头

哪里是你的驿站

丝路崆峒梦悠远

穿越时空隧道

沉醉于一座古城的厚重

你是黄土高原的画卷

沧桑交替

描摹千年

绘成一个神圣家园

登上崆峒之巅

探寻轩辕黄帝问道的真谛

那是一个充满阳光的日子

一位睿智的僧人

头顶金光，经卷深邃

句句真言，字字珠玑

道出了一个治理天下的秘籍

漫步"回中道"仰望历史

追寻古道的岁月悠悠

秦皇、汉武出巡，威震匈奴

张骞出使西域，驼铃阵阵

悠悠羌笛西出阳关

景德镇瓷器擦亮汉唐文明

缕缕蚕丝一路绵延

葡萄美酒，唤醒古老山川

百鸟朝凤，参拜大唐的盛典

翻过历史的长卷

时间的年轮传承着

龙马精神的风范

今日的阳光

照耀着这棵挺立千年的

胡杨

陇上的旱码头

速度的音符跳跃在

丝绸之路的键盘上

再次呈现历史的辉煌

我们梦逐远方

宋塔遐思

敬仰的脚步

追寻你千年不败的身影

我一不小心

将宋朝的梦境踩碎

洒落一地阳光

温暖你饱经风雨的躯体

站在历史的天空思索

目光直触蓝天

七百多个春夏秋冬

未曾改变你的姿容

你脚下的滔滔环江

淹没了多少战火沧桑

曾经的金戈铁马

笙笛琴弦

多少英雄马革裹尸还

历史风云如烟

呼啸已非当年

当我打马归来

风还在吹

云仍在转

天空群星璀璨

是谁在描绘

巨制鸿篇

蹚过紫花盛开的季节

春风吹过的地方

总有花枝绽放

绿色的血管里

流淌着紫色希望

收获的季节

唱响丰收的曲子

原野亮起的风景

是牧民树起的旗帜

块块苜蓿田

铺展富裕路

山里人的幸福

从不相信眼泪开始

用血汗凝成过程

诠释百味人生

蹚过紫花盛开的季节

静听花开的声音

昔家牡丹

你夜里采集的星光之酒

曾醉倒了多少英雄好汉

你清晨酝酿的露珠之美

让多少绝代佳人自愧弗如

你将内心的真实托付大地

让五月更加盛大、灿烂

你用排山倒海般的气势，璀璨乡野

用红的、蓝的、白的火焰

将金色的希望点燃

当所有的花朵都羞愧地闭上眼睛时

你用一袭幽梦

荡起岁月河流的风帆

你的情怀辽阔到什么程度？

蓝天白云最具发言权

用湿漉漉的绿

敞开季节的心跳

用整整四十年的时光

升腾起了生命的华章

一只雄鹰从西北的天空飞过

一只雄鹰从西北的天空飞过

坚实的身躯满载世事沧桑

翔落西北荒原的山巅

遥望历史的风狂雨落

原始城墙在苍凉月光下歇息

雄浑山峦 见证

人间的悲欢离合

静谧夜晚 沉浸着

壮志难酬的嗟叹

万年的星月始终注视着

文明之下的劫难

殷墟文字镌刻着

千年兽骨的荣耀

苍茫世界保持体温恒定

成熟脚印望尽落叶的平凡

仰望星空

梦回悠悠华夏千年

足踏实地 只因

险峰风光无限

在魁星楼上打坐

在魁星楼上打坐

闭眼

冥想

心中的浪花

拍击着湖面的静怡

由此生发敬意

飞檐高啄青黛瓦

历经千年风雨洗刷

千古联句透精华

使多少迷途羔羊返家

信步拾阶登楼

炊烟袅袅雾如纱

吟诗作赋涂鸦

放眼江山美如画

遥看烽烟散尽

峥嵘华夏

在乡村的花海里行走

花林疏影

落英缤纷

一路花海回眸

百万郁金香盛放

将天地翻滚成

姹紫嫣红的海浪

蜜蜂在花海中低吟浅唱

蝴蝶浅眠于绿叶之上

红土地上那深深浅浅的脚印

凝聚着庄稼人

骨子里特有的气质

那片花海

似梦非梦地挂着

一直从秋天

挂到春天

百花很投入地开放

只为倾情

人间富有

透过花香

我看见

一只鹰

用深邃的目光

远望

用坚硬的翅膀

载梦飞翔

致鑫禾牧业

溪流潺潺，牧歌悠扬

试问，你从何处归来

千百年来

祖先的骏马

驰骋过无尽的原野

若干年后

你们仰起头颅

展望祖辈们宽广的胸怀

我们用坚实的脚步

丈量未来

迎着风雨 笑看沧海

在九百六十万平方千米土地上

有这样一个地方叫庆阳

庆阳，有一种牧业称鑫禾

鑫禾，把一种精神

凝聚成磅礴的力量

在脱贫攻坚激流中

用高昂的心曲

奏响冬日激情的旋律

我看见，鑫禾的翅膀

迎着朝阳

在茫茫企海中翱翔

一抹朝阳

在放飞理想的道路上——

洒满辉煌

走进河连湾

没带花束

没有诗行

我却走进你的心房

一个溢满红色的村庄

一个充满血性的村庄

那是 1936 年的冬天

一张作战图①将你载入史册

一群热血的汉子

用血铸的信仰召唤明天

用梦想和信念唤醒祖先

用红心结出共同的硕果

用必胜的血液沸腾世界

如今的河连湾

重挺脊梁

插上腾飞的翅膀

连同我心中的涟漪

激荡着金色的阳光

迈开大步

奏响新的华章

注：① 1936 年 11 月 18 日晚，周恩来、彭德怀、萧劲光、赖传珠、陈赓

在河连湾陕甘宁省苏维埃政府研究制定了山城堡战役作战方案。

平乡瓦房建筑

暮色苍茫

足音自远古而来

脊兽们杏眼圆睁

比时人更长久地

注视着这个世界

和平鸽穿越了

史前文明的断层

侠骨柔肠贯通

幅员辽阔胸怀

窗棂里的故事　浮动着

岁月沉淀的福音

推窗翘首，遥望人间

世事变迁，山河依然

月光照耀的老屋

那些被时光

斑驳了的文字

结晶成世代的诺言

独步古村小径

岁月的烟火缄默

一棵老树将头颅举向天空

包裹了我们的层层心境

唯有千年未变的

姓氏和方言

在梦的青藤里

缠绕

在故乡的山脉，邂逅羊群

慵懒，漫长了整个山脉的走势

一群羊的若隐若现

填补着峻岭的绵延，当我

以一个追梦者的姿态

躺在这离天最近的地方时

又有无数的羊群

却奔跑到天际

把蔚蓝拥挤成海绵堆积的样子

一条河，以环江的名义

激动得亮出了明晃晃的心

羊群的自由，将荒原涂染成

故乡的景点

而所谓长风，也长不过

延续了几千年的羊群

请不要说万物沉寂

一个群体的盛大

足以得到整个春天

第二辑

月光之下

炊烟

暮色笼罩村庄

田野蛙声一片

炊烟伸直了懒腰

「燎疳节」之夜

一盘满满的夜色

溢出，团圆的喜悦

以及年俗飘落的味道

夜色清瘦，一弯清月躲在大山身后

夜空下，蒿柴的火焰举起村庄、山洼和田块

杨树、柳树、杏树体内的夜色燃烧

我看见，光的背面，有豌豆、小麦、糜谷在联欢

向着银河的方向，开出五谷丰登的花香

一群跳跃的孩童，挑战火焰的高度

一张张被火光映红的脸颊

心中燃出了更多的春天

如果你觉得这些还不够过瘾

请看那七十二响的炮仗

惊动了南天门上的神仙

一群天使飘然而至

捉拿了被神火烤出原形的瘟魔

平安之夜

这突如其来的幸福

让我来不及落泪

夜色辽阔

却掩饰不住内心的欢喜

一张张被火光映红的脸颊

心中燃出了更多的春天

2020 年 2 月 20 日

朝暮

晨曦初露

你轻装简从

黄昏将至

我花已向晚

你匆匆而来

又蹒跚而去

多少人和我一样

倾其一生追逐你的脚步

但最终空空而归

时辰的重量

在不知不觉中

压弯了我的脊梁

石头碰触的声响

承载了太多的过往

流去的记忆

历经了多少无情风霜

它给门前的那棵老柳树

刻满了皱纹和沧桑

别再说朝朝暮暮了——

时光从来不会倒流

我们能做的只有

用力抓住一缕阳光

继续书写

生命中余下的

文章

沉醉的月光

暮色

笼罩村庄

田野

弥漫夏的清香

阵阵蛙鸣

唤来炊烟袅袅

缕缕清风

轻抚童年记忆

悠悠银河

收藏等候千年的故事

点点繁星

注视着牛羊饱腹归来

婆娑的杨柳

抚慰游子的心事

遍地油菜花

奏响诗歌的金黄

在这日出日落的地方

是谁动了

这情深意厚的乐章

是不是那

沉醉了的月光?

冬天里的老槐树

借星月之辉

在岁月之巅

将自己站立成

佛的姿态

冬天里的老槐树

安静地守护着

我的村庄

村口旁的老井

倾听炊烟升起时

窑洞的心跳

迎候远山牛羊的

暮归

黄昏

夕阳下岗

黄昏谢幕

月亮躲进云层

我进入了一个

梦的地方

胸膛里沸腾的

强音

将血管中的

细流

汇入母亲的

河里

家园

蜿蜒绵亘的乡路

伸向远方

贫瘠的山洼地

在眼前铺展

我的心情随着

错落有致的嵝岭

跌宕起伏

此刻

风轻云淡

杏枝上的果实

青涩簇拥

斑驳的老窑

宅心仁厚

老爸说

住窑洞冬暖夏凉

老妈说

睡土炕百病不生

老窑总是

缄默不语

有时将我的心

咬得

生疼

龙抬头

一条龙

一条来自远古的龙

千万条河川是你飘散的胡须

绵延的山脉是你绿色的血脉

洞庭湖是你光芒四射的眼睛

青藏高原是你坚硬如钢的脊梁

北京是你跳动不息的心脏

武汉是你自由呼吸的肺叶

今天，你的肺叶生病了

据说是一个戴冠的魔鬼

潜入了你的肺经

致使你的呼吸出现了困难

你不会有事的

因为，有成千上万的

白衣天使保卫着你

有五十六座铁壁铜墙

激起的回响坚挺着你

今天，是庚子年二月二了

我看见，你终于抬头了

抬头了就不再羸弱

因为，你心里怀着

赵钱孙李周吴郑王的百家姓

怀着人之初性本善

性相近习相远的千字文

怀着散发着神州药味的本草纲目

怀着照耀着华夏光辉的二十四史

怀着使我常常失眠的红楼梦

怀着让我流泪微笑的长恨歌

怀着风风雨雨的船工号子

怀着红红火火的万家灯火

怀着酣畅淋漓的光辉梦想

怀着闪闪发光的英雄魂魄

……

今天，你抬头了

抬头便是舜尧天

抬头了　必将

腾飞于世界之巅

2020 年 2 月 21 日

年味

腊月加快了自己的脚步

匆匆穿过乡村集市

接踵而去，又摩肩而来

吆喝的叫卖声沸腾了集日

相互的问候温暖了冬天

灯笼、对联映红了剩余的日子

爆竹、年画丈量着来年的吉祥

传统的民俗又回到了故乡

普天之下荡漾着欢乐的味道

柳芽儿闭着眼睛畅想节日的春天

小燕子等待春风吹响喜庆的风铃

新年的味道

是祝福的味道

是期盼的味道

是团圆的味道

更是锦绣的味道

让雪遇见

雪花，一个诗意的名字

你是天宫派来的多情使者

你是月宫桂树上落下的玉叶

你是七仙女放飞的玉色蝴蝶

你是被一口仙气吹落的蒲公英

你自由自在且调皮捣蛋

一会儿落在屋檐下

一会儿爬在树枝上

还时不时地来个飞吻

你有揽千山入怀的胸襟

你有泽万物萌动的善心

你是肃杀一切害虫的利剑

你是净化环境的天赐良药

谁能之

只若雪

遇见你

是我的缘

乡音

小时候，我家有两只红公鸡

它们打鸣时的动作非常好看

一只总是伸着长长的脖子

叫着"高盖楼—— 高盖楼——"

另一只也伸着长长的脖子高唱

"八对牛—— 八对牛——"

忠诚的大花狗总是很警觉的样子

每天也变换着声调报着信儿

你若听到"旺 旺 旺"的叫声

那一定是娘舅家来人了

你若听到"唬 唬 唬"的声音

那必定有陌生人登门造访了

……

过年了，到处都是红对联

住宅处贴"人寿年丰"

羊圈门贴"牛羊满圈"

牲畜圈门贴"六畜兴旺"

石磨上面贴"白虎大吉"

碌碡上面贴"青龙安卧"

老辈人炕窑子贴"老者安之"

小辈人炕窑子贴"少者怀之"

村口大槐树上贴"出门见喜"

……

夜晚，一钩月牙从远处的树林升起

窑洞里跳动着始终向上的灯火

一场道情皮影戏　正在

紧锣密鼓地上演

每当剧情进入高潮的时候

我的脉搏就和大地的心跳相连

如今，我再次回到我的老宅

只听见几声孤单的鸟鸣从天空划过

这也是我很多年前熟悉的声音

感谢它还坚持着这濒临失传的艺术

乡愁

布谷鸟的叫声

愁了谁的思念

飞旋的燕子

缠绵了谁的梦幻

陇东的北风

吹瘦了谁的心事

环江的春雨

打湿了谁的眉头

村庄的心跳

拨动着我的心弦

黄昏的炊烟

拉紧游子的双手

老黄牛放不下

贫瘠土地的牵绊

汗水浸湿我

单薄的衣衫

婀娜小河

潋滟着最初的企盼

老人佝偻的背影

缠绕着缕缕云烟

斑驳的老村

诉说着曾经的苦难与辉煌

村头的杨柳杏树

能否举起缕缕乡愁

为我抚平阵阵伤痛

乡
味

把母亲炮制的

地椒茶叶

数进青花瓷壶里

斟满茶杯

轻轻地抿一口

故乡的山路

就在心里无限延伸

夜

你来了

黄昏开启暂停模式

蚂蚁，蜜蜂，集市以及村庄

统统停止了喧闹

进入休眠的

静音状态

你的命运很孤独吗

不，你看

皓月为你当空

星星为你媚眼

蟋蟀，青蛙，猫头鹰

喊着口令为你值班、巡逻

夜来香吐着迷人的气息

增添着你的神秘色彩

我一不小心踏进你心灵的王国

遨游在你那宽阔无垠的胸襟里

领略韵致独特的风景

倾听你内心的真实声音

感受你心中蕴藏的无限玄机

是你将我稚嫩的文字

激发得蹦蹦跳跳

不安分地从笔尖跌落

站成一排排小小的风景

为我的心情一次次换装

"心若沉浮

浅笑安然"

一抹夕阳

借远方的力　顺山间小路

攀上峰顶　观赏的心情

不知叠在了天梯几层

秋至深处，黄昏的火很黄很旺

薄薄的炊烟在山间蜿蜒

田埂上生长的故事

回望一些苦涩传奇

碌碡滚落的声响

咀嚼着一些过往

老斧头劈开柴火

码一个长方形的立体

架子车装满微笑

和牛羊一同回家

如今，岁月的羽翼渐丰

夕阳却将母亲的鬓发

映成了银白色

在那月光流淌的地方

小河溢满了

银色的月光

河岸上的高粱

笑弯了腰

空气中　弥漫着

她醉人的

体香

冬日的黄昏

乡村冬日

农家的炊烟

由黑变蓝

从四周围拢过来

围成抱团取暖的姿势

土墙围绕的庄院

墙角处的花椒树

将长满利刺的手臂

伸出了墙外

试图抓住

月光的影子

牛羊们

耷拉着耳朵

安卧

反刍

庄前的十字路口

有我熟悉的脚印

和牲灵穿过的

身影

大黑狗的吠声

和娃娃们的吵闹声

都偃旗息鼓了

村庄宁静得

像门前肃穆的大山

我清晰的心跳声

已做出提示

你的窦性"心"律不齐

祖辈的大山

大山是我的祖辈

我是大山的儿子

晨起，祖辈托起一轮红日

照耀着面带忧郁的尘世

祖辈的一半是阴

一半是阳

阴阳的背后

是诗意的村庄

诗意的村庄里

晃动着诗意的背影

年轻的背影

随火车的汽笛声遁去

年老的背影

犹如一座座雕塑

守望着历经沧桑的老庄

守望着每天穿梭于

学校与老窑之间的童稚

牛羊们不管这些

仍酣醉于半山腰上

葳蕤的草木诗经

那条弯弯曲曲的山路

吐出一丝隐隐的乡愁

村口的那棵老槐树

却被发蓝的炊烟

呛得连连咳嗽

石磨

石磨一圈儿一圈儿转着

唱着丰收的赞歌

数着过年的日子

石磨坚硬的牙齿

轻轻地嗑着

金灿灿的黄米

白花花的小麦

品尝着乡村

腊月的滋味

老庄珍藏已久的秘密

被米酒灌醉了的石磨

抢先说了出来

石磨转动的时候

是乡村幸福

降临的日子

1998 年 8 月 8 日

坐在雨的外面

时钟的雨点滴答滴答

孤独的种子一颗一颗

扎根于岁月的土壤里

在静默的等待中

享受生命的馈赠

坐在斑驳的老窑里

窗外黄叶满枝

秋雨渐浓

风起花落

我在过往在时空里徘徊

未来在期许中酝酿

是该独自去躲雨

还是接受一场

风雨的洗礼

第三辑

生命之光

蚂蚁

有人说你渺小难成大器

再努力也不能顶天立地

你却说自己有一支拧成绳的团队

个个背驮着天脚踏着地从不言弃

被风吹走的两张纸牌

仿佛舞台上演的

一些故事

两张纸牌启程

一路唱着恋歌

奔向心的目的地

当风景定格成永恒的记忆

已是伤痕累累

两张漂泊的纸牌

是否最后也要选择叶落归根

而那些曾经的过往啊

河谷仍需要摆渡

山巅还须爬上高坡

艾叶草

一种神草

牵出一段历史

屈子、楚怀王、奸臣

这是一个怎样的组合

忠言逆耳

换取折翅民间

谗言绕梁

断送六国江山

《离骚》的利剑

直指苍穹

时代远去

艾叶很近

我把它挂在墙壁上

一如神龛上的药王

风起的日子

飘成古老的村庄

丰碑不朽

——致敬钟南山

从一个肺里"蹦"出来的言语

寥寥几字，力敌千钧

回荡在中华大地的苍穹

贮存在深深的历史记忆里

温暖着十四亿中华儿女的心扉

在祖国和人民最危险的时刻

你应声而来，挺身而出

一边告诫人们"没事别去武汉"

自己却逆赴江城

历经血与火的考验

你一路披星戴月

殚精竭虑，出生入死

以八十四个年轮的血肉之躯

矗起一座泰山一样的高峰

你一腔热血矗立的丰碑

万世流芳

火柴

沉睡

不是为了

偷懒

一旦有了

召唤

便挺身而出

牺牲自己

为了

点亮别人

星星之火

也能

熊熊燎原

流年

在人间的光影里打坐

满天星光照不亮

沉思的角落

在静谧的黑夜中

和你对话

闪烁的灵犀

碰撞出

星星点点的

火花

在时光的空间里

飘荡

我要变成一株

自由行走的植物

用鹰一样的眼睛

窥视远方

过滤那些

焦虑、颓废与沉重

在尘世喧嚣的

夹缝里

追逐流年的脚步

在繁芜的阳光下

邂逅芬芳

龙舟

是谁亮起盏盏明灯

连成江面上的巨龙

水手振聋发聩的呐喊

惊醒了多少

混沌的肚肠

一个用千万颗心

凝成的整体

摆渡成

中华民族的魂魄

温暖着过去朝代的寒

睡狮甦醒

长嘶撼动九天

云起龙骧

叱咤东方时空

要让天下趋步大同

目光触动世界

凝重的思绪

凝重的思绪有些哽咽

悲痛的江城河畔

诉说一位医者的宏愿

一曲哨音穿越时空

飘荡成正义的呼唤

忧民的情怀

无悔无怨

爱国的气节

直冲九天

为了斩妖除魔

你染疾折翼

九州惜叹

其情感天动地

神州同惋

其义长存人间

天地共鉴

时光匆匆

我以独行者的脚步

仍在原地打转

只为怀念

那远去的灵魂

一遍又一遍

人间大爱

——致甘肃援鄂的白衣战士

与春节、休闲、欢聚告别

与母亲、妻子、女儿告别

与父亲、丈夫、儿子告别

因为，那里的骨肉正遭受痛苦

那里的同胞更需要你的救援

所以，你义无反顾　身披战衣

逆赴那"冠魔出没的地方"

"明知山有虎，偏向虎山行"

这是一种怎样的精神啊

护目镜里透出你坚毅的眼神

口罩里深藏着你不屈的气节

防护衣折射出你挺拔的身姿

你用甘肃精神诠释人间大爱

你用精湛医术斗败疯狂毒魔

你用人间大爱抚平受伤心灵

你用手中医器挽救垂危生命

你用赤胆忠心驱走冬天严寒

你用自己的实际行动告诉民众

一切都会过去

请大家迎候

春暖花开

生命的风景

你逆赴江城的那刻

虽然没有身着军装

但你仍然英姿飒爽

和疫魔搏斗

同样注满必胜力量

每当你的身影

在屏幕出现的时候

我的眸子里

就泛起了一道道霞光

每当你的声音

从千里之外传来的时候

我的心田就冒出

一泓泓清澈的泉水

虽然你的身影

更多地出现在

与死神誓不两立的战场上

虽然你的身心

也有疲惫不堪的时候

虽然你的脸颊被护目镜

勒得伤痕累累

但也能在我心底里

长出一望无边的翠绿

让生命的风景

更加充满生机

你的身影就是

二月的一缕春风

把我们的心情

吹拂得杨柳依依

让枝头花蕾　绽放出

容颜的绚丽

你的身影就这样

日夜陪伴着我们全家

走过春夏，走过秋冬

走过人生旅途

在这第一百一十个妇女节

到来时

我要为您们敬献上

从心灵的田野里生长出的

如花一般芳菲的诗句

晶莹成祖国和人民

对您的无限骄傲

生命的亮光

微风撩醉了的夜幕

青睐着黑色的眼睛

微光紧裹一袭薄纱

漫过尘世的舞台

演绎人生的酸甜苦辣

星星点点的薄雨

敲击着婆娑的树影

藏匿了月光的云层

把夜幕蒸腾成雾霭

一个深色的炫舞者

抓一束亮光

把黎明凝结成彩蝶

不为光明歌颂

不为黑暗低头

只为舞出

属于自己的

一片天空

庆阳香包

你从《离骚》中走来

在五月的风中

把历史的厚重

什袭珍藏

将千年往事

挂上今夜的月钩

怀揣满腹香气的你

以独有的身姿

向人们致意

我仰慕你的一身正气

每当佩你入怀的时候

我的胸前就闪烁出了

中华的魂魄

洋芋

姓洋

一辈子却与

泥土相伴

年瑾时

你救人无数

小康路上

又立新功

在烈火中永生

—— 致敬在四川凉山森林火灾中牺牲的英雄们

二〇一九年三月三十日

这是一个黑色的日子

这是一个令人揪心的日子

四川凉山州木里县境内

乌烟翻滚

火魔兴风作浪

祖国青山被吞噬

同胞生命财产受威胁

在这千钧一发之际

一抹橄榄绿

一帮好兄弟

犹如天降神兵

冲锋在熊熊燃烧的火场

明知山有火

偏向火山行啊

这是一种怎样的精神

这又是一种怎样的壮举

你们是新时代的火炬

点燃我们内心的灯塔

你们用鲜血和生命

唱响了新时代的赞歌

用铮铮铁骨

铸就了不朽的

巍峨丰碑

火魔被降服了

三十一名鲜活的生命

却永远停止了呼吸……

长空雁叫云凝重

血染山河泣鬼神

火魔啊! 火魔

你虽然卷去了

我们战士的生命

却永远夺不走

他们不灭的灵魂

青山为证——

我们不会忘记

不会忘记为救火倒下的骨肉

我们不会忘记

不会忘记血染凉山的英雄

英雄啊! 英雄

我们最可爱的亲人

你们永远活在

十四亿中华儿女的心中

泰山之魂

在烈火中永生……

在一本书的心房里歌唱

——学习《习近平治国理政》感怀

在一本书的心房里歌唱

时代的脉搏敲打着

蔚蓝的天空

内容的反刍

连同一首灵魂的绝唱

在心的疆域驰骋

五湖四海的回音

尽情激荡

书本的厚度

高过昨夜的星空

我从心房的通道里

逃离了往日的肤浅羁绊

在册页里

坚守一场诗意的

大雪来临

滋润万物

孕育新的春天

再生

新雨

一场新雨

大地得以润泽

万物生机无限

微风的慈手

轻抚着街旁老树的叶子

以及田野久渴的禾苗

晨的气息弥漫

村民们欢快的笑声

敲开了幸福的山门

接纳从诺大会堂里溢出的

福音

雨后的山冈上

我看见一头雄狮

威风凛凛地站立

大片大片的阳光

落在它的身上

忠诚卫士

——写给保密工作者

胸怀一腔赤诚

肩挑神圣职责

用坚贞的形象

诠释职业内涵

将一粒粒平安的种子

植入沃土

将道义的小溪

汇入时代的潮流

有人说，你为保密而生

有人说，你为天职而忠

还有人说，你为本分

抵诱惑，明大义而生

所以，你有——

如钢的意志

如磐的定力

如诗的生活

无悔的人生

粽子

端午节的粽香

是忠魂的千古绝唱

层层叠叠的包裹

是《离骚》的一路长考

撕开粽叶

流淌着千年的痛伤

汨罗江仍在沉思

明与暗的交锋

九歌旋转韶舞

释放心跳的律动

我贪婪吮吸

骚文的乳汁

让屈子的情怀

穿越时空

为中华大地

洒满阳光

祖国 母亲

祖国，我的母亲

今天是您七十岁生日

让我用心灵的音符

为您歌唱

让我用真诚的歌声

为您祝福

珠穆朗玛是您骄傲的魂魄

万里长城是您坚韧的精神

长江黄河是您奔腾的血脉

广袤大地是您宽敞的胸怀

五千年的风雨兼程

七十年的曲折坎坷

手捧历史的教科书

胸中力量升腾

曾经的四大发明闻名世界

曾经的丝绸之路横穿亚欧……

祖国，母亲

您曾经伤痕累累

记忆刻骨铭心

鸦片战争的耻辱

圆明园毁灭的伤痛

"九一八"事变的愤慨

南京大屠杀的哀悲……

挽着您的衣襟俯拾历史

当铁锤与镰刀交织的那刻

一个旧的世界被砸得粉碎

一个崭新的中国脱胎换骨

岁月的年轮如白驹过隙

七十年的成败与曲折

变为金色点点的光芒

在历史的长河里闪亮

改革的春风

吹绿锦绣神州

中国梦演绎精彩乐章

一带一路聚焦世界目光

站在新时代的蓝天下

我深情地把您歌唱

歌唱您的开拓创新

歌唱您的繁荣富强

祖国的花朵

——写在「六一」儿童节之际

你是茁壮成长的小鹰

为了祖国的明天

你将展翅翱翔

你是含苞待放的花蕾

为了心中的理想

将万紫千红

绽放

你是旭日初升的太阳

为了大地的丰收

努力集聚能量

在希望的田野上

将红领巾飘扬成

最美的风光

……

第四辑

四季之歌

我用一生的虔诚和敬畏
填充成熟生命的厚度
在你博大的胸怀里
圆我红枫般热切般实的

——梦

畅想春天

爆竹声声响起

惊醒碇畔树上鸟儿

弹飞那刻

已是春的晨曦初露

布谷鸟的叫声

唤醒春的耳朵

灵巧燕子

衔着春的信息

飞过千山万水

寄宿老屋檐下

经典谚语

催醒惊蛰的春雷

深情阳光

抚摸大地每寸肌肤

小河琴弦

奏出流畅乐曲

多情春风

摆渡着油菜花的嫩黄

欢快的蜜蜂

酿造甜蜜的日子

老黄牛奋起玉蹄

翻开大地珍藏一冬的诗篇

春姑娘手握如椽神笔

临摹青山碧水

被雨露打湿的绿叶

呼唤出一个五彩缤纷的家园

陌北春天

紧跟的脚步

踏上清香深蕴

寻觅前人足迹

畅想春天神韵

追逐梦想蓝天

春　雪姑娘一来

就把老城简单地粉刷了一遍

然后给东山和西山披上外衣

一条河就嗅到了年的味道

街头上的大红对联说漏了嘴

不经意间泄露了春天的秘密

河岸上小草

争先恐后地探出脑袋打探消息

尽情地呼吸着鲜活的空气

大街小巷再也沉不住气了

趁机沸腾了起来

一座古塔从宋朝的梦中惊醒

揉着惺忪的睡眼站起身来

望见春姑娘用满蘸水彩的笔触

涂抹万紫千红的霞光

将梦想的烟花

渲染成满天星斗的畅想

春天，一场细雨

一场春雨淅淅沥沥

让微风拂柳情感迸发

溅落一地相思

搅乱布谷鸟的歌声

绿叶簇拥红花舞蹈

倾诉着温馨的心事

雨滴柔情地亲吻叶儿

小河吟唱生命的旋律

鹅黄缠绕绵软的心绪

春色羞涩拥抱自然

雨天眼里满含诗意

让那伞下的眼神迷醉

回眸激起爱的涟漪

雨丝飘逸的幕帘

让幸福在巷口回放

再回首

我的幽梦盛开繁花

春天的信仰

春天的信仰

从铿锵中走来

云朵捎来祝福

花儿酝酿浅梦

灯笼映红日子

喜炮震开富路

锣鼓振奋群情

狮龙舞动青春

春天的信仰

在暖阳中绽放

将冰封的河床

变得热情奔放

将肥沃的土地

植满沉甸甸的吨粮

春天的信仰

用梦想编织美景

用奋斗铸就辉煌

清明

漫天飞舞的青烟

是通往哪里的路

花开花落的声音

触痛了谁的心事

人去人来的人间

却变得越来越像天堂

人活着的时候

是开在枝头上的花

花香销魂

人逝去的时候

如掉落枝头的花

变为春泥

安居在大自然的怀抱

化作一缕春雨

回报大地

秋

你从绚烂的花季启程

穿过了夏的繁荣与任性

一路款款而来

极度成熟的你

衣襟下穗实累累

可是，谁又知道

是你经历了生命中的

种种痛苦之后

才有了今天的收获满满

我的扉页空白着

是你用澄明的智慧

将一首首唐诗　宋词

植入我稚弱善感的心田

铸就我人性的优雅

我用一生的虔诚和敬畏

填充成熟生命的厚度

在你博大的胸怀里

圆我红枫般热切殷实的

——梦

秋月

漫过记忆的长河

寻觅那段花开蝶舞的日子

留给我的却是

那弯冷月扣锁清秋

秋水

浮云掠过季节的仿徨

缠绵了谁的悠长

伊人望穿苍凉

秋雨

滴滴答答的声音

平平仄仄的诗行

清瘦着一花一草

小桥流水人家

秋夜

长夜与秋雨相恋

交织无尽忧伤

秋思

异乡的圆月

散发着思念的光影

时光老人啊

能否将年轮拉回

四月桃花

四月的枝头

虽有春鸟啼鸣

但枯叶未醒

而你，却悄然而来

用密密麻麻的花朵

串起了红红的诗句

一场邂逅

醉了今生

醉了前世

桃红唤醒柳绿

盈盈泪珠打湿粉腮

春风十里

不如一路有你

你那婀娜的身姿

迷人的气息

惊艳了世界

羞红了明月

一种相思

跟霞光而来

一袭裙裾

让瞳孔泛起春意

曾经几度

人面桃花

桃花人面

桃花红了

桃花开了

红在三月

未等及柳绿

轻轻的你

热情盛开

与杏花争春

与梨花争艳

鸟鸣的季节

似故人归来

当春匆忙地奔走

你却执意回归泥土

留下香魂几缕

化作沉甸甸的永恒

送别清明

清明在自己的日子里

把忧伤的泪都流了出来

天地之间，风清景明

我的心上也有绿色萌动

外面的世界雾霾又起

念旧的雨带不走

不断飙升的数字

我困惑的诗行里

写不出一片晴朗的天空

清明来了，清明又走了

我双手合十放在胸前

谁都无法改变尘世的暖

我知道人间正道是沧桑

一切的茁壮都与坚强有关

倘有新的风暴在窗外嘶鸣

也无法永远将阳光阻挡

更何况，我们还有

雨洒清明遍地收成的希望

2020 年 4 月 4 日

天下第一「姑」

你从《诗经》中走来

你从《尚书》中走来

你从仓颉造字中走来

你从上天飘然而来

身姿曼妙舞翩跹

一袭绿纱情缱绻

是你洒下心灵的圣水

唤醒沉睡的大地

沐浴辽阔的原野

为山川换上绿装

给江河注入活力

万物因你的到来欢欣鼓舞

我因你的无限魅力感慨万端

世界酝酿着你的故事

人们将最美的希冀托付与你

夏
日

你的热情穿越了桃花季节

用整树的蜜桃作为礼物

回馈人间

谷雨将一片生机快递与你

玉米苗用拔节的声音向你问好

薰衣草的花香一浪高过一浪

大片大片的豆地将绿意蔓延

我将一支玫瑰回赠予你

双手至今留有余香

牧童的短笛声音悠扬

将羊群牧到高高山上

和蓝天白云相连

头戴席头草帽的老农

用犁头和锄头做笔

在诺大的绿色稿纸上

写下一行行绝美的诗句

通过蓝天的邮箱

在盛夏的杂志上发表

……

夏之梦

七月微风

吹绿夏的诗行

流火岁月

锻造着别样的

纯清

乡村月色

挥洒着柔软情愫

将一抹相思

融进那双

黑色眸子

一对对蝴蝶

醉卧在

玫瑰的花心

黎明的脚步声

惊醒蜜蜂的

一帘幽梦

它们又开始

酝酿

先苦后甜的

日子

仰望梅花

阴霾笼罩时

你就默默地　深深地

扎下了思想的根须

当季节的冷酷

把万物侵蚀得体无完肤时

你却在风刀霜剑中

开出了自信的花朵

你强大的吸引力

让鸟雀们身姿灵动

在空中轻盈地

划出一道优美弧线

栖落在你

遒劲如松的枝头

你仰望星空的寥廓

我和鸟 仰望你的深邃

你用一阕清词

擦亮星辰

我用一颗赤心

追求你的真理

你为我的心灵

撑起一方晴空

我在人生的荆棘里

给未来开辟一条

蹊径

一朵花的哲学

只因多看了你一眼

我的灵魂就轻轻飞扬

让我与生俱来的傲骨

在你绝世的花香里酥软

你玉洁冰清的姿态

曾无数次激荡起

我心中汹涌的涛声

你倾城倾国的气质

舒展了我春天的太多梦想

你顾盼生辉的目光

总是让远方的游子挂肚牵肠

从唐到宋——

你曾多少次在诗的王国里

掀起风浪

从春到夏——

你又多少次将枯燥的岁月

演绎得五彩纷呈

昔家牡丹啊

你总能激发我保持着

破译一朵花密码的冲动

在九月的枝头上歌唱

——谨以此诗献给所有拼搏在教育战线的老师们

九月的太阳光芒万丈

九月的枝头硕果飘香

九月的大地一片菊黄

九月的祝福神采飞扬

站在九月的枝头歌唱

是谁谱写了不朽华章

是谁燃烧青春红烛

是谁照亮我们人生方向

站在九月的枝头歌唱

枝叶间滚落书声琅琅

是谁将我们引进

知识殿堂

是谁的雨露

浇灌我们健康成长

站在九月的枝头歌唱

三尺讲台涌动暗香

是您为我们甘做

出嫁衣裳

是您圆了我们

金色梦想

站在九月的枝头歌唱

从来不敢把您遗忘

您以一棵树的姿态

站成一道靓丽景象

在迷茫中

为我们扬帆起航

我托清风为您送去祝福

让蓝天白云

将您生活点亮

正月，一场春雪飞扬

正月还没折过腰

大地就有些骚乱

飞雪姗姗而来

一片雪一片叶

铺展着洁毯的吉祥

多情的种子纷纷献媚

那沉睡了一冬的山桃树

冲破冬的禁锢

等来春雪沐浴更衣

第一个迎接春的花开

亲吻寒冬后的热唇

拥抱春天消融

2019 年 2 月 17 日

种牡丹的人

借日月之光

在岁月深处

以农耕者的姿态

怀揣一颗丹心

把信念高举

种植牡丹的人

是热爱生命的人

把汗水洒给土地

把清香留给人间

在十里花香处

写一阕诗词

第五辑

岁月之痕

黄土地

山峦、河流、树木、庄稼

在你隆起的肌肉上跳跃

我用犁铧的笔触跟您密谈

春耕图

睡眼惺忪的太阳

从柔软的棉被里探出半个脸儿

悄悄地瞄向人间

尘世的生活　总是

让云朵点燃激情

让晨曦　带来

晶莹的露珠

香烟缭绕着空灵的山村

黄土地裸露出

积蓄了一冬的腹肌

散发着沁人心脾的

稻花般的汗香

庄稼人挥动着

用岁月编织的牛鞭

吆喝声穿过 所有的

耳朵在山谷回荡

老黄牛的四蹄 踏得

最实最稳

耕就要耕出个子丑寅卯来

犁铧剥开了泥土的层层芳香

把岁月里的酸甜苦辣翻晒

田间散落的苜蓿籽粒 听见

根须扎进土壤后

拔节生长的声音

山坡上的羊群

拥挤着父亲的沉默

轻盈的春风 携着

春雨轻触旱田

桃红和柳绿争得面红耳赤

麦苗、葵花和高粱私自传情

被虎视眈眈的摄像机

瞬间捕捉

而我，注视着田埂和旷野里

绽放出的十里桃花

将一幅幅如诗如画的

春耕图收入囊中

为我苍白的诗歌 增添

一份色彩

悼念文友王振虎

你走了

梦当然不会再醒来

但你的信仰

不会沉默在坟墓里

不会被历史掩埋

你用一支笔的力量

为自己的风景刻下碑文

月色漫不过北风的喧嚣

一些故事如山峰矗立

那些层层叠叠的事物

是你更清晰的注脚

那些昨夜西风凋碧树

摆渡进折叠的岁月

怀念的影子

被春天　拉得

很长，很长

悼念民间艺术家白玉玲老人

在岁月的册页里

您描绘的风景

枝繁叶茂

您编织的故事

出神入化

嗅一嗅您巧手催开的

那些艳丽花朵

桂馥兰香

今天，听见

叶落归根的声音

和着窗外萧萧北风

伴奏着您生命

最后的绝唱

鼓点，不停地敲击着

胸内最柔软的地方

我的心扉有些伤痛

雨，仍然

淅淅沥沥地下着

是不是有人

在天空

哭泣

彷徨

流年如水

现实残酷

梦幻的泡沫

飘游不定

徘徊过无数的

十字路口

竟找不到丁点的

栖息之地

后来才发现

自己本身就是

一块普通的石头

还需

耐心打磨

扶贫队员之歌

沐浴着春天的脚步

走进新时代的征途

为了千年的梦幻

为了曾经的誓言

翱翔在广阔天地间

大山深处的红柳

因为你的陪伴

不再孤单

高山顶上的小草

有了你的爱意

不再寂寞

悬崖边上的柠条

有了你的亲吻

不再消沉

你来了

贫困被驱走了

你来了

愚昧的大山被推翻了

从此——

祖祖辈辈的僻山荒洼

缀满了你绿色的荣光

昔日贫瘠的黄土地

如今花红柳绿

瓜果飘香

田野里处处见证着

你用汗水编织的辉煌

村口的老槐树呵

为你尽情欢唱……

扶贫

时间

抹不去

岁月的痕迹

誓言

在躯体里

发酵

一种使命

在热血中澎湃

一种姿态

挺拔，伫立

征衣不脱

征尘未拂

缘为

我们壮志未酬

历史的车轮

滚滚向前

血与肉

再次淬火

让沉默的黄土

变成

流金的岁月

让冷落的田块

春华秋实

耕

启明星牵着我的牛

老黄牛用尾巴

牵着我的手

找寻属于自己的那片洼地

犁把上五道浅浅的印痕

那是父亲磨在上面的指印

我手握犁把的时候

手指与犁把上的印痕吻合

胸中便有一股力量升腾

另一只手未挽住月光

便高一脚低一脚地赶路

回首才看见

新开的犁沟弯弯曲曲

一如我歪歪斜斜的诗行

信念的种子

却始终重复着一个词语

深入深入深入

致交警

几度春秋

寒风吹不动你

笃定的梦想

落日无语

冷雨冲不掉你

真诚的微笑

风雪交加时

你把伟岸的身躯

挺拔成一座大山

暴雨来临时

你把脚下的位置

坚持成靓丽风景

热浪翻滚时

你把浃背的汗水

挥洒成五彩云霞

寒气逼人时

你把发麻的双臂

舞动成庄严礼赞

大雾弥漫时

你把漂亮的手势

定格成精准航标

冰天雪地时

你将一腔热血

流淌成畅通的动脉

你是一座山

不求高耸入云

唯求平安常驻

不羡峰峦叠嶂

只愿默默播洒希望

一路走过的风景

留下深深浅浅的足迹

永远不变的

是你那

傲然　挺立

忠诚卫士

——写给公安干警

长城之内

用满腔热血铸造平安

繁华之外

用双肩担当一种使命

你用沉默的金

诠释职业特有的内涵

用坚实的脚步

丈量民心民意

用朴实的大手

将一粒粒平安的种子

根植华夏沃土

将道义的小溪　汇入

时代的洪流

你内心跳动的火告诉我

所有的高尚都始于平凡

是你用坚持和汗水告诉我

青春的旋律不只是风流洒脱

还有你的诗与远方

当岁月的沟痕爬上山头时

大风唱响了你

无悔的人生

流动的岁月啊

流不动

铁打的营盘

民警的义

扛一面旗行走

把一面旗扛在肩上

从山城堡到宝塔山

从井冈山到西柏坡

从杨家岭到梁家河

……

走到哪儿

哪儿充满阳光

走到哪儿

哪儿燃烧激情

把一面旗扛在肩上

把信仰装进心里

把信念根植 胸中

就有力量升腾

不必在乎自己渺小

不必在乎别人的眼睛

其实

人人都能成为一面旗

只要你愿意从点滴做起

腊八情

春节老人的胸膛前

挂着一个大葫芦

我不知道这葫芦里

装了什么药

腊八节的这一天很冷

回家的话题却炒得很热

妈妈做腊八粥的味道

通过电话传来传去

小时候年年都吃老妈做的

滚滚烫烫的腊八粥

现在真想回家再吃一碗啊

那只是一个奢侈的念想

今年的年似乎要来得更晚一些

想起彩排的老家社火队

心里痒痒得像被猫舔

邻居张大哥的头旺子领得太花哨了

他在社火队耍得最起劲

王二弟的"凤凰三点头"大鼓

打得贼溜溜儿棒

生生把个年震得奔奔跳跳

三狗子的几束礼花

把庄稼人一年的酸甜苦辣

在夜空中绽放得五彩缤纷

繁星深处

正酝酿着山里人

来年的一场梦

霾　庞然的异类

来时遮天盖地

可致万物昏暗

或潜入人类咽喉

或让我们咯血或疼痛

它张开的血盆大口是隐形的

可将蓝天上的羊群吞噬

或将人间清澈的河水吸干

让我们猝不及防

我叩问苍天

苍天无语

我垂询大地

大地无言

原来他们已经窒息

我竭力呐喊

冷下来吧

那些火热的贪欲

停下来吧

让我们的地球喘一口气

我的声音嘶哑

疼痛

时间上的布丁

如沙的时光　不经意间

从我的指缝流走

流过春，流过夏

流过秋，流过冬

流过长江，流过黄河

我不得不盘腿在土炕上打坐

手捧经卷，寻找一朵浪花

我还试图用秒针

为遗漏了的时间打上布丁

用分针添补生命里的一些空白

当时针指向飘落的黄叶时

黄叶底下就有了一串串

深深浅浅的脚印

那些斑驳的足迹只为印证

曾经磐石般的承诺

祈雨

天干

火灼

干打

硬种

挥汗如雨

为了

祈求一场

透雨的

降临

酒

有人与你结缘

文思泉涌

有人与你结缘

豪气冲天

有人与你结缘

东倒西歪

岁
月

岁月二字很简单

简单得连三岁小孩也会写

岁月二字太复杂

复杂得作家都写不完

岁月的源头沧桑而悠远

岁月的四季轮回且彷徨

岁月厚重时如山峰层峦叠嶂

岁月薄凉时似纸张一戳即破

岁月温暖时如春风拂面

岁月冰冷时似寒风刺骨

站在岁月的长河遥望

日子的钟声被我叩响

记忆唤醒蛰伏的脚印

人生的航船漂浮不定

理想在远方时隐时现

时光老人激发出

我前进的力量

行走在岁月的季风里

行走在岁月的季风里

抖落时光枝头的雪霜

岁月冰冷了多少

伤痕和迷茫

梦里婉约的黄昏

夕阳轻抚行云

轻轻飘过光阴的风烟

弹响阑珊夜色的琴弦

我张开疲惫的翅膀

拥抱如水的月光

努力酝酿生命中

淡淡的芬芳

关于豌豆地里的文字

豌豆地的海洋

豆蔓呈卧倒姿态

哺育着闹哄哄的孩子

一对对蝴蝶在枝头歌唱

小姑娘们漂游过来

喜悦溢满竹筐

田边飘起的

那条幸福彩带

飞过座座大山

和一座城市相连

一波波人流

顺着汽车的指南针

从彩带那头

流向这端

久违的田园

结满鲜活与健康

愿君多采撷啊

这生在北国的

"红豆"

我看见客人们

笑容里感激的春风

与村民心中的

琴弦相撞

激起

朵朵浪花

甜

小孙女乳名甜甜

别人都夸她长得甜

她心里甜不甜我不清楚

可她跟我闹着玩的时候

我的心里却像吃了蜜糖一样

倾听

—— 致杨永霞

黄连水浸泡的青春里

生长出生命中

最倾心的笑容

当岁月的沟痕

悄然爬上额头时

我用心倾听

你心中玫瑰绽放的

声音

生命之旅

我静静地伫立

伫立在暮色苍茫的天地间

静听柔风倾诉衷肠

心海的涟漪随风激荡

敲开记忆的闸门

往事的波涛澎湃

曾几何时

我蹚过了童年的

天真小河

翻越了少年的轻狂大山

跨过了青涩

与成熟间的鸿沟

踏上了充满荆棘的

人生之旅

行走在这条漫长的道路

我与寒暑抗争

与饥饿抗争

与病魔抗争

与贫穷抗争

与超强的体力劳动抗争

与恶劣的自然环境抗争

是啊！我要感谢抗争

是抗争，催促我灵魂深处的马蹄声声

我要感谢苦难

是苦难，铸就了我意志的钢铁长城

我要感谢拼搏

是拼搏，张开了我隐形的翅膀

我要感谢奋斗

是奋斗，为我送来一缕迟到的曙光

我要感谢时光

是时光老人为我道出了十六字真言

善宽以怀，善退以进

勿忘坎坷，成就自我

从此

我的行走不再孤单

我的天空辽阔高远

像蝉一样

骄阳将火热的心

不停地燃烧

七月的知了

飞旋于头顶的蓝天

蝉韵清弦

成熟的庄稼

等待农人的检阅

我和妻子

一同向炙热的麦田宣战

将镰刀挥舞成

一道道闪光弧线

豆大的汗粒摔成八瓣

把青春年华

装进现实的熔炉烤炼

煎熬的心旌

体味粒粒皆辛苦的古言

再听蝉音

使我终于明白

苦不是晨钟

也不是暮鼓

放下杂念

带上本然

才能像蝉一样

飞翔自然

孝　　写完这首

我就回到孝的光影里打坐

衔几声鸟鸣

在唐诗宋词里遨游

在人与自然中逶迤

宁静成美好的夜晚

在梦中开出

比莲更淡雅的花朵

耄耋之年的老父老母

犹如一盏明灯

熬干是油

发出是光

从始至终

照亮着我的人生之路

再次举起孝的酒杯

饮一口啊

绵绵醇香

柔柔天长

此时此刻

尘世的繁杂

人心的浮躁

全都沉入远山的幽静

大千世界

日月妖娆

唯孝独领风骚

邂逅一朵莲

邂逅一朵莲

唯美中的遇见

你从淤泥中走出

一尘不染

清水间的绽放

微雨打湿衣衫

妩媚了池沼湖面

邂逅一朵莲

轻轻地看你一眼

一念淡雅的清净

溢满风情无限

时光里的蝶舞

在诗意中朦胧

让人百读不厌

邂逅一朵莲

在那夏的眉端

时光轻轻

岁月辗转

你依旧浅笑嫣然

盈一袖轻风

挽一帘幽梦

结出清苦的思念

安放心间

邂逅一朵莲

伫立在岁月的湖畔

拜读季节的信笺

你把心事婉约在

云水之间

把一份圣洁写入

生命的诗篇

用执着种下馨香一瓣

恪守一颗初心

亘古不变

心中的风景

当年豆蔻年华

如今两鬓染霜

风风雨雨吹散了曾经的你我

岁月的利刃无情地

刻满额角的沧海桑田

四十载的别离写满心中挂牵

轮回的岁月忘不了同学情谊

今日的网络又把我们相聚

微信群，你是一道令牌

你就是流浪天涯海角

也能呼之即来

群是一台欢快的歌舞盛会

即使你的演唱不够专业

也能大展歌喉，尽情挥洒

歌声的高潮一浪高过一浪

我的思绪随之高低起伏

同学群是一场美妙的青春诗会

尽管我们不是专业诗人

但诗歌的美妙旋律仍然高潮迭起

老同学是一张青春永驻的靓照

美丽如初，风情万种

老同学是我心中最美丽的风景

永远定格在我记忆的深处

老同学是一笔丰厚的精神财富

支撑着我们走完辉煌人生

心中的梦想

未来赋予我们最美好的期望

恰如诗歌般美妙，乐曲般空灵

我们用灵巧的双手

努力拍打羽翼

是为了穿梭林海

一睹朝阳

我们用坚实的臂膀

撑起一片蓝天

是为了追求曾经的梦想

我们用双腿飞奔

是为了追逐惊涛骇浪

因为有梦，我从不敢放弃

我们的梦孕育在长城长

我们的梦流淌在黄河源

我们的梦绵延在几千年的血脉里

我们的梦从唐诗宋词中一路走来

我们的梦在一心为民中鞠躬尽瘁

我们的梦用陕北的小米饭养大

我们的梦在雷锋和铁人精神里成长

我们的梦在焦裕禄和孔繁森精神里升华

我们的梦里有无私奉献

我们的梦里有艰苦奋斗

我们的梦里有温饱有富裕

我们的梦里有民生有小康

如今，我们的梦生长在通村桥梁上

我们的梦延伸在高速公路上

我们的梦成长在老百姓的殷殷期盼里

我的梦里能听到国歌的召唤

我的梦里能看到国旗的飘扬

我的梦，目标在前，使命在肩

让我们携手共同奏响奋斗的乐章

收获明天庄严的朝阳

世界将为我们欢欣歌唱！

信任

清晨，一米阳光

穿过卧室的窗口

驻进我的心房

温暖弥漫小屋

玫瑰花

沐浴着爱的光芒

你是一杯陈年老酒

将友谊之树

浇灌得枝繁叶茂

你是故乡的一座大山

经历了风雨雷电的

无数次洗礼

我自岿然不动

你是宽阔无垠的大海

是非功过，得失对错

统统揽入怀中

你是顶天立地的白杨

撑起一片蓝天

将一份美好的情怀释放

这个世界，因为有你

便多了几份和谐安详

夜
归
人

夜从四面八方围拢

如归人黑色的长发

撩拨着沉睡的田野

不甘寂寞的灯火

从虚掩的门缝里

倾泻出大片的银光

二月的春风

剪不断我的牵念

月牙弯成的柳眉

丹凤百媚相顾

惹我独饮相思万斗

我伫立在门前的老槐树下

把喜悦装进弯腰的时光

眸子渴求的蝶

落在心海的花田

一场春风

春天的风，很大很大

夜来的雨，很猛很猛

山里人很幸运，很幸运

因为，春风吹走了祖辈的贫苦

夜雨洗去了世代的荒凉

昔日昏暗的窑洞里

今日灯火辉煌

昨日西山里的滚牛洼

如今梯田层层绿浪翻滚

曾经十八弯的羊肠小路

而今车流不息大道通关

一条天路，把地球村相连

春风，您尽情地刮吧

把穷乡五谷以外的气息刮走

夜雨，您更猛烈地下吧

把僻壤里小康梦想的情愫激活

一场战役

历史的尘埃

落在一些角落

这些地方

便会生长出一些

贫瘠的杂草

我们站在时代的门槛上

集合起洪荒之力

抢占冬天的制高点

和贫困顽魔搏斗

大山深处霜雪满天

寒风难阻进军的号角

参战的将士热血沸腾

千年的冬闲变成农忙

贫瘠的杂草被薅除

曾经的荒芜被赶出了深山

遥望那蓝天白云之下

小康生活的果实挂满山川

大地田野尽展欢颜

一滴水

我是一滴水，汇入决战贫困的洪流

我是一棵树，植入建设幸福家园的森林

我是一株玫瑰，愿将一腔忠诚绽放

我是一枚劲草，披肝沥胆迎接风雨挑战

我是扶贫志愿者，与贫困势不两立

我们是脱贫攻坚帮扶队

愿与贫瘠决战到底

百姓的渴盼我们永志不忘

群众的冷暖我们记在心上

坚持到底是我们坚定的信念

不达小康决不收兵

是我们铮铮誓言

一件泛白的旧棉袄

一件泛了白的旧棉袄

是母亲油灯下的杰作

针脚踏着针脚

布丁摞着布丁

在那新三年旧三年

缝缝补补又三年的时期

你陪我扛过了多少

人间的风风雨雨

每当寒气咄咄逼人的时候

我就穿上那件泛白的"火灵丹"

咳，真灵

我的内心温暖如春

如今，我的针线缝合不了

那远去岁月里斑驳的记忆

只有刻进我身体里的那些

酸甜苦辣

化成断了线的热泪

洒落一地

一只鸟啄伤冬的尾巴

——写在庚子年疫情之际

一只鸟啄伤冬的尾巴

鲜血滴到了春的头上

一个英雄的城市打了个趔趄

牵动了整个国家的神经

世界的目光齐刷刷看了过来

我们都不敢越雷池半步

当中国的春风从江城吹过

弥漫大江南北的时候

春雨已潜入夜色

山花准备开成梦的模样

小桥依然坚守着最初的心跳

听浪花歌唱

看小溪奔向远方······

迎风摇曳的树枝

向我们招手致意

它在告诉人们

别怕——

黑夜即将离去

曙光还会远吗?

一字诗

一个人

一面旗

一袭梦

一座村庄

一条道路

脚踏一方净土

仰望一片星空

胸怀一颗赤心

放眼一个世界

无悔一生青春

缘

——文友聚会感怀

冬天的风信子

点亮环江的眼睛

醉人的芬芳

凝结成友谊的桥梁

几个热爱文字的人

初见，情接万仞

相聚小楼，温暖如春

长者的仁慈

少者的热情

汇聚成一种厚度

在菜肴的五味中和盘托出

爱戴和谦逊斟满

一杯杯流淌心底的感恩

涌动的思绪

在千山万壑间澎湃

一双双湿漉漉的眼睛

力透圆桌的心事

因为，在码砌文字的苦差上

承载了我们太多的感叹和记忆

不知是谁不小心

碰湿了手机空间里一行

被岁月熏黄的文字

激起了阵阵涟漪

佳酿怂恿着舌尖

触碰接近午夜的证词

明天，我们还要在

铺满阳光的小路上

走出一串串

诗与远方的足迹

愿　愿环江夜听的种子

　　开成灿烂花朵

　　装点多彩生活

　　愿环江夜听的云朵

　　飘落无声细雨

　　滋润禾苗生长

　　愿环江夜听的温润

　　化成新鲜空气

　　消除心身疲惫

　　愿环江夜听的小路

化解人生失意

走向心灵静谧

愿环江夜听的灯塔

指引正确航向

使我迷路知返

在那激情燃烧的岁月

这是一批怎样的生物

这是一支怎样的劲旅

他们带着书本的馨香

用青春做伴

从北京、上海一路赶来

足迹踏遍祖国的所有角落

未顾及为新中国华诞庆生

就从全国各大城市走出

用热血荡起心中的双桨

在农村广阔的天地里

把汗水挥洒成一种风流

以一颗虔诚之心

接受贫下中农的再教育

不论在贫困山区

还是在穷乡僻壤

你把身躯溶入这深沉土地

用激情点燃心中的篝火

用沸腾的热血和汗水

开出了片片崭新天地

岁月年轮渐长

光阴似水流淌

寒来暑往无钱换装

跳蚤蚊子把你亲吻致伤

忍饥挨冻是你们的家常

为了心中的那份执着

再苦再累从不言弃

不觉换来霜发恣生满头上

是谁，叫你们这样的忘我

是谁，让你们这般的拼搏

哦，是信仰支撑起的力量

是理想铭刻着的初心

为了共和国的繁荣富强

你们执意上山下乡

将闪光的名字

镌刻进历史长廊

长城不倒

肆虐的新冠之魔

伸出疯狂的魔爪

夺走了我们同胞的生命

你把充满活力的江城

搅成死水一潭

你吹响可怕的死亡号角

摧毁我们生命的家园

大地悲鸣，天空肃穆

一方有难八方支援

当捐款单的雪片纷纷飘来

捐赠物品，医用物资

汇聚成了人间大爱的交响

忠诚担当的人民军队

临危受命，中流砥柱

惊心动魄的白衣战士

滚过历史的断层

筑起新的钢铁长城

英雄不问来自何方

只为中国雄起，武汉平安

只为长城永恒矗立

精神永远不倒

执着的脚步

——献给投入环县脱贫攻坚战的嘉峪关青年

环江的五月

在芬芳中酿造香甜

夏日的麦浪

随着微风翻腾

好客的山民

把远道而来的客人

迎进大山的窑洞

一席家常，一份牵挂

是河岸上的红柳

俘虏了你的那颗初心

还是贫瘠的土地

吸引了你的那份执着

哦，好男儿志在四方

坚定了你的那双脚步

"不破楼兰终不还"的那句誓言

是你用青春写下的壮歌

攻坚的战士

你那骄人的功绩

一定会像环江水一样

奔流不息

......

2019 年 6 月 12 日

致《环江夜听》

（一）

你是友善的朋友

吐出所有的心事

使我心灵得以舒展

天边一抹淡淡的斜阳

照亮我迷茫的双眼

生命中有你

不必希求太多

只需抖落俗世的尘土

放下石头

品一杯香茗

饮一壶甘醇

赏一弯明月

揽一缕春风

再与你挽手

轻舞飞扬

（二）

悦耳的声音

伴着古老的环江

飘然而来

白云躲在你的身后

催促我饥肠辘辘

在鱼跃的文字海洋里

盛开语言的花朵

将舞姿投给有缘的人

我看见

那些脱离肉体的灵魂

正以愉快的姿态

丈量世界

致老年

蹚过夕阳的河流

丈量人生的宽度

饮一杯糊涂米酒

唱一段悠闲之曲

经历了多少个日出日落

走过了多少个月圆月缺

看不完人间的花开花落

望不尽天上的云聚云散

四季轮回转

万事顺其然

喜孙辈正值少年

乐享天伦无限

遨游网络世界

对话古今中外

花鸟鱼虫时为友

琴棋书画常做伴

闲暇赋诗生笑颜

不求功名不问钱

进退得失全看淡

风趣潇洒自如

优雅豁达通明

心境娴静

乐哉悠哉

附录

寻找春天的锦绣

——浅谈孙鸿岐老师和他的诗歌 师建军

环县少故人，孙鸿岐老师是我从陇东诗群里认识的，至今未晤面。年前有事上银川，车子经过环县时，自然而然地就想起了他。我是一枚草根文学爱好者，而孙老师总是能在百忙之中，甚至不惜牺牲自己的休息时间，赐教我学习中的一些缺失和方法，这使我内心存有无限的感激。"投之以桃，报之以李"，我只能把这种感激倾吐于纸上，也算是我们师生的一种见证吧。

环县地处毛乌素沙漠边缘地带，一眼望去，尽是发黄的天和地，一星半点的绿色点缀在这片广袤无垠的土地上。像这样天人竞一的生存环境，该如何长出绿油油的庄稼和他那滋润心田的诗意。远处几株白杨树特别惹眼，虽然没有茂密的枝叶，但还是倔强地挺立着。

马克思曾说："人创造了环境，环境也创造了人。"我从他的文章中得知，20世纪80年代初，孙老师家里实在拿不出钱来可供他读书了，正巧也赶上了农村实行家庭联产承包责任制，家里分到了土地和牛羊，从此，孙老师开始了他半放牧半学习的生涯。"脚步不能丈量到的地方，文字可以。眼睛到不了的地方，文字可以。"酷暑夏日，太阳当空，灼烧着他干涸待润的心田。严寒三九，冰柱悬檐，无法冷却他读书求知的渴望。他尽可能利用一切可利用的时间，去弥补知识上的空白和不足。凡是涉及政治、经济、哲学、社会、军事、文学、医学等各个领域的书籍他都一一攻读。有时，一本书看到忘情处，高兴得像个孩童手舞足蹈。在微弱如豆的油灯下秉烛夜读，第二天照常做农活或出山放牧，放羊时还是手不离书。

在恶劣的自然环境里种庄稼，就意味着与天地抗衡。为了一家人的生计，孙老师还是选择了做庄稼这个行当，由于条件限制，一年四季，耕种，除草，收割，驮运，打碾，贮藏，样样农活全都是他和妻子用人力加畜力来完成。我想，若没有强大的精神力量做支撑，就凭孙老师那瘦弱的身体，要年复一年地完成这样超强度的体力劳动，是根本无法做到的。四年的牧童生活，半生的务农生涯，使孙老师彻底领悟了人间的不易与辛酸，同时上天也给予了他一双洞若火炬的慧眼。"贫穷出诗人",艰苦卓绝的生活环境,让他时时刻刻酝酿着文字的腹稿,"七八个星天外,两三点雨山前。"偶尔一两声简单的鸟鸣,便成了他最初的诗歌创作源泉。

孙老师对他文字接连获奖之事,从来只字不提。他虽不是一个隐于市井的"大隐",但他是一壶茶,他把所有创作的苦涩装在心扉,把文字的清香留于浮世。在当下这个"万般皆下品,唯有金钱高"的社会,难得保持一片玉壶之心。后来,我通过文学圈里一位朋友了解到,"仙界桂花酒,人间彭阳春"这句在陇原大地家喻户晓的广告词,竟然是出自孙鸿岐老师之手。20 世纪 90 年代,甘肃省明星企业"彭阳春"酒厂面向全国征集广告词,老师作品从千军万马中脱颖而出,独占鳌头。他曾被庆阳市评为"全市农民读书先进个人";他的家庭也被组织授予"庆阳市最美书香家庭"称号。后来,他通过锲而不舍地学习研读和考试,终于取得了国家承认的自考大专文凭,被省委组织部考录为一名基层公务员。

大凡做事作文,都要做到"点子"上。虚怀若谷的孙老师,在充满鲜花和掌声的名利场上,总是悄悄转身,深深隐藏。从不追逐那些过眼的繁华三千,而只是用自己的一颗心,一支笔,写一些诚恳的文字。

我一直被孙鸿岐老师的精神和他的文字感动着。一直想给他写点什么？却迟迟难以拾笔，但他的那些诗歌却昼伏夜出地在我脑海里跳跃疾驰，呼之欲出地和我倾谈。细数老师作品，感悟如下：

一、叙述者的多重性和真诚浅白的独特美。

木心在《素履以往》中说："以诗情致，亦当具故实"，不错的，诗歌是具体的不是抽象的，现代汉诗的尝试者胡适在创作新诗开始就提出这个要求，任何文学体裁都是为了基于一定的事，主观意识或沉潜于抒发主体感情感悟的。在诗歌作品中，注入真诚的情感，何尝又不是一种力道？于无形中起波澜，且浪花不兴，情溢千尺！且看孙老师的作品《耕》：

启明星牵着我的牛

老黄牛用尾巴

牵着我的手

找寻属于自己的那片洼地

犁把上五道浅浅的印痕

那是父亲磨在上面的指印

我手握犁把的时候

手指与犁把上的印痕吻合

胸中便有一股力量升腾

……

多么朴实浅白而见长的语言哦！这使我不由得想起了20世纪30年代中国文坛"现代派"卞之琳先生的《断章》，附上卞之琳先生的《投》，二位老师诗眼及题目简洁凝练，一目了然：

独自在山坡上

小孩儿 我见你

一边走 一边唱

都厌了 随他

捡一块小石头 向山谷一投

从叙述学的角度来看，更是如此，诗一叙一事，即以"叙事"为中介、为手段来叙述，叙述变成了本体的问题。孙老师和卞之琳先生的这两首都是带有叙述情节的诗。有情节便有故事。两首诗的故事很简单，描写的都是日常生活中的场景，篇幅不一致，但层次分明，意味深长。

孙鸿岐老师和卞之琳先生虽然所处的时代不同，但基本上诗路艺术是心有灵犀的。《耕》这首诗歌的表象叙述的是诗人走向耕地路上或耕地的情景，属于现实的故事，其实作品隐含一个故事，这个故事将"我"＝"老黄牛"＝"犁把"＝"父亲"，四位连一体，它们都有相同的命运。这首诗歌故事层面所表现出来的多重性和复杂性给诗歌意义的丰富性带来了无穷的意味。他的这首诗外表上看起来柔弱无力，越读力道越沉重，像一块巨石压在了读者的胸口。和《投》这首作品文风差异不是很明显，但在内涵构造，意象修辞上却面面俱到，若缺一物却显浅白。"画龙画虎难画骨"，庖丁解牛，瞄准的是化无形为有形的整个骨架。

二、表现手法的多样性和虚实结合的含蓄美。

作为一名诗者和歌者，孙老师的知识覆盖性、多面性可见一斑。这与他平时的学习和积累是分不开的。《诗歌月刊》曾发表了他的一首《天下第一"姑"》的诗作，摘录如下：

你从《诗经》中走来

你从《尚书》中走来

你从仓颉造字中走来

你从天上飘然而来

身姿曼妙舞翩跹

一袭绿纱情缱绻

是你洒下心灵的圣水

唤醒沉睡的大地

沐浴辽阔的原野

为山川换上绿装

给江河注入活力

万物因你的到来欢欣鼓舞

我因你的无限魅力感慨万端

世界酝酿着你的故事

人们将最美的希冀托付与你

　　他凭着敏锐的感觉，将深深的情思嵌入其中，虚实结合让整首诗有了想象的空间，此处提到的虚实本来是哲学范畴，留白本来是书画手法，但中国的古典诗词也经常运用，苏轼认为，"言有尽而意无穷者，天下之至言也"，汤显祖认为，"若有若无为美"，严羽在《沧浪诗话》更是提出，"盛唐诸人惟在兴趣，羚羊挂角无迹可求。故其妙处透彻玲珑不可凑泊，如空中之音、相中之色、水中之月、镜中之像，言有尽而意无穷。"从《诗经》中走来，从《尚书》中走来，从仓颉造字中走来，由此可看出，这是一个很久远的故事。《诗经》中时隔两千五百多年的地域与风物，与我们内在的今天仍紧密关联。孙老师想探访那曾经的春天。里面就暗含着一种对过去美好事物的追忆或者对未来的美好追求。依我看来，此诗的妙处在于没有浮华的辞藻，没有直白的铺陈，里面的意蕴是清新自然的，虽然文重怀古，全文却找不到一个古字，虽然描摹春天，全诗未著一"春"字，而尽得整个明媚之春天。"俏也不争春。"字里行间，诗人用他那善于发现的眼睛，瞬间捕捉的笔触，虚实结合的手法，一气呵成了一个活灵活现的春姑丽人，用才情织就了一帧春日的壮锦。

当我们沉迷于电脑、手机上网的时候，孙老师却用其闪烁的思维勾勒着春华秋实的丰收华章。每一处屑小的美好事物他都不难发现。缪斯之神不会无端地偏爱任何一个无心的人。朝花夕拾，春种秋收，这与他的博览群书息息相关，密密相连。《诗经》之六义：风、雅、颂、赋、比、兴。老师活学活用，方得其中无穷奥妙。还有他的一首作品《一抹夕阳》，摘录部分供大家学习：

借远方的力　顺山间小路

攀上峰顶　观赏的心情

不知叠在了天梯几层

……

如今，岁月的羽翼渐丰

夕阳却将母亲的鬓发

映成了银白色

于无声处听春雷！好的诗歌，需要承载的就是这种震撼，从弱到强，从梢到末，没有那么多的曲里拐弯，快言快刀，直斩乱麻，击中人心。每当我读到这首诗的结尾处，喉咙里总是充斥着各种难以名状的哽咽。诗人的悲悯情怀磅礴而出，使观者怆然而涕下。

三、潜移默化的随意性和日臻完善的成熟美。

孙老师性格内向少言寡语。在他心里，自己只是一名普普通通的文字工作者。胸有山岳而坦诚敬业，从不以诗人或作家的身份自居。就像他的诗作《东老爷山》，且看文末一段：

老爷山是否是建筑史上一绝，已无关紧要

要紧的是，它催开了四合塬畔的月色

催开了时光里训练了弹性的那些向阳花朵

它们总是不厌其烦地

向游人传递花开的声音

在风雨如磐的日子里

为山里人守住了初心

多彩优美的词汇是诗歌审美的重要组成部分，也是诗歌欣赏的重要方面。美好情怀在其内，美丽辞藻在其外，这样才能形成表里俱美的美文。孙老师将一个个词汇铸造得无比美好，锤炼得超凡脱俗，修饰得色彩斑斓，这首诗老师修辞的态度和目的是端正而诚恳的。《易经》说"修辞立其诚"。因此有成就的诗人没有不重视辞藻的。杜甫说"文采风流今尚存"，又说"清词丽句必为邻"，这些话语和老师重视修辞的观点是一致的。

"清水出芙蓉，天然去雕饰。"冗余的语言都是苍白无力的。这段诗歌依我看来，正是孙老师自己的真实写照。他用青春和汗水浇灌文字，从不追逐当下那些时髦的口水诗，抑或故作深沉晦涩的网红作品，他独独偏居一隅，默默无闻，悄悄奉献。显现出其作品潜移默化的随意性和日臻完善的成熟之美，这又使我不由得想起了诗人汪国真的那首《热爱生命》：

我不去想是否能够成功

既然选择了远方

便只顾风雨兼程

我不去想能否赢得爱情

既然钟情于玫瑰

就勇敢地吐露真诚

我不去想身后会不会袭来寒风冷雨

既然目标是地平线

留给世界的只能是背影

我不去想未来是平坦还是泥泞

只要热爱生命

一切，都在意料之中

　　孙老师的诗和汪先生的诗都是富含励志色彩的抒情诗。都是以成功、奋斗和未来阐释了热爱生命这个主题。在生活中，大多数人会失败，并不是因为他们没有能力、天赋或者是技能，而是因为他们缺少对生命的热爱，从而无法去攀登成功的山峰。他们在诗歌中唤醒人们不忘初心、热爱生命，无论是悲伤、绝望、微笑或者泪水，人生的酸甜苦辣种种，都是人生的难得，用心去感受，并真诚热爱它。

　　孙老师的大多作品，都是立足本土，望远四极。用乡情、乡愁缔造文字殿堂，从而让读者内心产生共鸣和波澜。这是一个诗人难得的情怀和胸襟。在当今浮躁的社会里，诗坛文坛都如此，最难能可贵的是保持一种最真的初心。孙鸿岐老师一直秉承他的方式而写作，这无疑是一掬清泉，给人带来心灵上的陶冶和福荫。

立足环县写陇东，这一份赤子之心更为可贵。祈愿孙老师一直坚持不断地写下去。他的好诗将源源不断，从心口溢出，从环江溢出，从《诗经》溢出……

"苔花如米小，亦学牡丹开。"且看我陇东，一望无际的全是养活人的小麦和大豆，这些都是创作的源泉。愿老师在以后的文学创作中，除了走自己固有的路子之外，不断摸索新径，实现多层次的酝酿，开辟一个空前的大境界。

"登东山而小鲁，登泰山而小天下。"以此鞭策我和鸿岐老师，是为记。

（师建军，甘肃宁县人。作品被国内多种报刊和文本录选和国外报刊英汉双语选用。）

吟诵在黄土高原之上

——孙鸿岐诗歌作品赏析　刘志洲

近几日适逢冬雪天，又临近年关，忙里偷闲地集中翻阅了孙鸿岐老师的一些诗歌。这些诗歌广泛发表于《中国诗歌精选》《甘肃日报》《诗林》《环县放歌》《环江》《暮雪诗刊》《西部人文学》等刊物及网络平台。给我的总体感受是诗风清新、诗情饱满，文笔流畅如信手拈来一般，诗作短而味浓、好而情真、精而意新；初读朗朗上口，细品之下，给人留下了无限的想象空间，让人不由自主地，把陇东黄土高原上的一些特有景致和儿时的些许人和事，像播放一部老旧电影一样，全在脑海里过一遍。对孙鸿岐来说，诗歌就是他在老屋檐下、土窑洞里、硷畔田埂上的生活，可以说，这里的山山水水、一草一木无不成为诗歌创作的源泉。

我和孙鸿岐老师可谓是陌生的熟悉人。为什么说陌生？是因为我们并没有见过面。为什么又说熟悉？是因为我通过他的微信，了解他的生活，聆听他的诗歌，目睹他的照片，跟他进一步的交流，对其诗有了更深刻的认识。

"立足故土，吾手写吾心。"是孙鸿岐诗歌最鲜明的特点。我始终相信：每一个诗人，在触动心灵的那一刻，他的内心犹如惊涛骇浪，当内心的这种情感用诗文表达出来的时候，他却是安静的，这是一种源自内心和精神上的安静，却又是一种必须忍受满腔涌动的安静。著名诗人刘章在《牧羊曲·牧场上》写道："花半山／草半山／白云半山羊半山／挤得鸟儿飞上天／羊儿肥／草儿鲜／羊啃青草如雨响／轻轻移动一团烟……"诗中描绘的是他的家乡兴隆县安子岭乡上庄村的景致。当动静的事物映入诗人眼帘，诗人再也难抑内心的激动，简单的几个意象却组合成一幅意境和谐的画图：花草云山是静的，鸟的一挤一飞就在静谧中喧哗出一种生活的幸福。当诗人把笔触定格在羊儿和草儿的具态上时，欢快的生活，就是一种收获。同样，孙鸿岐在《畅想春天》中写道："爆竹声声响起／惊醒碴畔树上鸟儿／弹飞那刻／已是春的晨曦初露／布谷鸟的叫声／唤醒春的耳朵／灵巧燕子／衔着春的信息／飞过千山万水／寄宿老屋檐下……"还有，在《老窑》中写道：

"土窑洞从爷爷的嘴巴里溜出／窑顶摆桩上悬挂着两只篓子／装着熏黄了的腊肉／上面还挂着长长的两条辫子／一条辫子是辣椒／另一条辫子是大蒜……"诗人通过细致入微的观察和无穷的想象，在经历了内心的激荡转而安静下来之后，让硷畔、老屋檐下、土窑洞、腊肉、辣椒辫子、蒜辫子等，这些陇东黄土高原上特有的文化符号，跃然出现在诗歌中，使人与家乡、人与自然孑然融为一体。庆阳的山、庆阳的水、庆阳的人，恐怕只有土生土长的陇东人、庆阳人，才能把这些元素凝练吟诵成诗歌，让你不管处于静谧的村庄，还是在喧嚣的都市，都不由自主地产生一种对家乡的适宜和幸福。

"热爱生活，吾笔挥吾情。"是孙鸿岐诗歌最质朴的态度。作为一个热爱生活和写诗的人，我坚信：一个诗人的精神食粮就在他所创作的诗歌中；触动心灵的那一瞬间，不管是平凡还是伟大，抑或是生命中的抑扬顿挫，还是人世间的真情冷暖、悲欢离合、酸甜苦辣，透过情感的迷雾和超越语言的时空，在诗人心间沉淀的一定是宁静与欢欣、自足与甘甜、简练与深厚、热爱与追求……这是一个诗人生活的态度。一个人到了一定年纪，对人世间的悲欢离合、生离死别就多了许多亲切感，写来读来，别有一番滋味。正如孙鸿岐在《在人间》中写道："生命斑驳的光线／与满天闪烁的星光／叠加／厨房里的薪柴烟火／与天空飘逸的云朵／约会／青花瓷／抢先说出了／锅碗瓢盆的秘密／在岁月的时光里／回味着唐诗的慷慨／静好着宋词的婉转／我在尘世的幸福里／乘一缕清风／自由飞翔"。还有其他作品，如《陇东，那轮满月》、《黄土地》等等。

"浅唱低吟，吾口抒吾胸。"是孙鸿岐诗歌最本质的归属。什么是诗歌，诗歌的本质又是什么? 诗乃文学之祖，艺术之根。首先，诗歌是一种用高度凝练的语言，形象表达作者丰富情感，集中反映社会生活并具有一定节奏和韵律的文学体裁。其次，诗歌的本质是抒情美。这种抒情美势必需要诗人掌握成熟的艺术技巧，并按照一定的音节、声调和韵律的要求，用凝练的语言、充沛的情感以及丰富的意象来高度集中地表现社会生活和人类精神世界，浅唱低吟是这种阐述心灵的最直接的表达。正如孙鸿岐在《行走的乡愁》中写道:"我伫立在老爷山巅／遥望山城梁沧桑身段／梁与梁之间豁豁对着崾岘／杨崾岘、李崾岘、张崾岘……／崾岘下是一道道山湾／张家湾、胶泥湾、黑鹰湾……／湾底下纵横着条条沟壑／小堡沟、苏长沟、冯家沟……／沟台上面躺着静静的河畔／马河畔、干沟畔、何家畔……／河畔上面有古老的村庄／侯老庄、刘家庄、杨高庄……／庄前躺的是大掌小掌／苦水掌、王西掌、桃树掌……我用嘶哑的喉声／吆喝着我的黄牛……"不管你身居何位，也不管你是什么身份、什么国籍，当你都试着去吟诵这首诗的时候，你便油然而生出一种回归感！

诚然，孙鸿岐的诗歌作品中还有一些过于直白的口号成分在里面。但我相信，随着一个人阅历的丰富、生活的历练和驾驭文字能力水平的日渐提升，势必会冲破瑕疵的藩篱，在越来越凝练中达到另一种高度。

这是我写的第一篇诗评，也是我平时读孙鸿岐诗歌的一些粗浅感受。"一千个人心中有一千个哈姆雷特。"这其中，难免会有以偏概全、以局部代整体、以表象述本质之嫌，还请孙鸿岐老师与诸位读者斧正！同时，也希望孙鸿岐老师在以后的日子里，创作出更加喜人的诗作。

写心为道中的乡土情怀

——孙鸿岐老师诗歌赏析 贾 惠

他是位普通的文字工作者，扎根在陇东的泥土之中，生活在基层人群身边，他把对祖国和人民的爱，把对生活的爱、事业的爱，都写进了诗歌里；他把身边的人、眼前的景、手中的事、心中的悟、未来的梦，写进诗歌里；他还要把春天的风、夏天的雨、秋天的月、冬天的雪，还有人间的苦辣酸甜、悲欢离合，写进诗歌里。

——题记

最近因下雪闲暇无事，在翻阅朋友圈时，某平台三行诗征文在展播，因喜欢这种短小又有寓意的小诗，就特别关注留意了下。在阅读之中发现有几首作品写得确实不错，其中有一位作者是庆阳人，一看简介，原来是老乡孙鸿岐老师。以前知道鸿岐老师是本地一家文学刊物的副主编，他写的古体诗和民间故事在报刊上经常读到。没想到鸿岐老师的新诗也写得推陈出新，富有厚度和新意。于是就特别搜索出鸿岐老师的作品，认真仔细地赏读了一番。

在品读中发现鸿岐老师的诗舒展自然，在纵情吟唱生活的同时发掘着故乡赋予他的诗情画意；在拥抱真诚情感的同时把联想用收放自如、开合有度的笔法展示给读者，他写山川大自然时，从回首历史的远处着眼，一气呵成，很有画面感。又有一种似有似无亦真亦幻的画面感。大家都知道诗人最基本的写作前提，就是不言虚假，不被诱惑裹挟着越出人生底线。在鸿岐老师的诗里，除了语言创造的诗意本身外，还有一种超越语言，积极向善的存在。如《在人间》、《陇东，那轮满月》、《夜》、《秋季》、《孝》等等作品就联想自然，意境优美，点面结合，情景交融，想象丰富，不管虚写、实写，或写景，或写人，或抒情，都在清新、明晰中带有故乡洋芋、苞米成熟的味道。

写诗歌，常常得借助于艺术意象去象征某种抽象的情感，哲理或理念。题目《黄土地》三行短诗就写得别具一格，很有情感。"山峦、河流、树木、庄稼／在你隆起的肌肉上跳跃／我用犁铧的笔触跟您密谈"，别看是寥寥三行，平平常常几十个字，却都字字含情，直达读者心灵深处。三行短诗是最难写的，需删繁求简，从小处落墨，从细小的生活图景或片断中，提炼诗的内涵，挖掘思想的深度，放射生活的广度，以形成一种深远的、引人思索的艺术境界。这就需要一个"点"，以"点"折射生活——这个点就是观察生活的点，也是思考生活的点。王国维曾言："文学之工与不工，亦视其意境之有无与其深浅而已"这首小诗之所以写得很有意境，与他经常读书学习时积淀的文化给养是分不开的。

鸿岐老师因酷爱读书，他的家庭也被庆阳市评为"最美书香家庭"，因此他写出的诗文往往感情真挚，耐人寻味。鸿岐老师痴于学习，精于钻研。从诗里能读出他具备诗人的思维、农民的务实和小学生谦逊的本真，他对诗的理解和感受往往有独到之处。其角度、广度、深度和高度也与众不同。他用诗人的思维从一般中发现不一般，从寻常中发现不寻常，通过人、事、景、物来触发灵感，开掘深意，显现亮点，引发共鸣。鸿岐老师写诗时间不是太长，但却收获颇多。在《人民日报》、《诗歌月刊》、《诗林》、《甘肃日报》、《农民日报》等大报大刊上都有发表。充分说明书中是有颜如玉的。他坚守诗化人生，用一首首诗文构建着一片澄净爽朗的心灵家园。

所谓书要越读越薄，人要越做越厚，仔细想来，颇有一番道理。有文化才有自信。正如古语云："胸藏万卷凭吞吐，笔有千钧任翁张"。这种自信体现在《行走的乡愁》里"老村那堵百年未倒的寨墙／诉说着这里曾经的辉煌／村口那朵漂流的云／试图撑起留守者的希望／那棵垂首驼背的老榆树／那座几乎被遗忘的老院／惺惺相惜／相守相望";体现在《环江之歌》里如:"在那山脉起伏的地方／有我热恋的故乡／一座座雄伟的山峰／俯瞰历史的雨落风狂／在风风雨雨的微笑中／慰藉祈祷者／虔诚灵魂的亮光"等都是信手拈来的。这种文化在《孝》里如:"耄耋之年的老父老母／仍如一盏明灯／熬干是油／发出是光／从始至终／照亮着我的人生之路"。在《老窑》里如:"没有谁比这老窑更老／墙壁上脱落的泥皮／极像老爷掉落的牙齿／今天,老爷在墙壁上不言语了／老窑也仿佛在沉思着什么"就很大程度上体现了"文"的作用,这一组诗在整体上值得我们借鉴的地方是语言的相对朴实与意象的协调统一,就地取材,简约,本真中蕴含着饱满的诗意和传统文化的厚度,表达出比现实生活更加深刻的真实。

　　鸿岐老师在不同的工作岗位上奋斗过,却在不同的领域实现了一次又一次华美的转身,他不认为自己是诗人,作家。因为他没受过写诗的正规训练和作文的专业指导,谈不上有根底。他写诗不是由于有闲情逸兴才去追求风雅,而是怀着对文字特别的敬畏走上此道的,是为了叙发内心的所想所念。如他在《陇东,那轮满月》里的句子:"在这月光流淌的地方 / 游子的梦圆了 / 鼓了 / 圆得像故乡的石磨和西瓜 / 鼓得似村口那石碾、碌碡和玉米娃娃……农家小院里那一串串红红的辣椒 / 与村民火红的日子暗中较量 / 庄稼人啊,大写的人 / 将自己的节日装在随身的背篓里 / 将喜悦荡漾在微微上翘的嘴角上 / 用浓浓的情甜甜的话灿灿的脸 / 诉说着团圆的浪漫与吉祥"这些语句疏淡娴雅,质实沉婉,尽管有些句子读来有些口语化,但却给人以心灵的震撼,这种震撼全在于逆挽手法的运用和轻描淡写上。因此,雅与俗,文与质,在这首诗中,就这样相互融合在一起了。诸如此类还有《夜》这首诗:"你来了 / 黄昏开启暂停模式 / 蚂蚁,蜜蜂,集市以及村庄 / 统统停止了喧闹 / 进入休眠的 / 静音状态"就是用口语入诗,场景生动,诗句意象鲜明,增强了诗意的传输。

　　读鸿岐老师的诗时,发现每首都很耐读、耐看! 别人怎么看他的诗歌,我不知道! 但我从每一首诗里读出了温度。白居易《与元九书》中说:"感人心者,莫先乎情,莫始乎言,莫切乎声,莫深乎义。"至性写真情,若无仁心,何以悲天悯人,忧国爱民? 如果鸿岐老师情不真或寡于情,冷冰冰,无动于衷,不可能写出像《行走的乡愁》、《老窑》等有浓郁的生活气息带着泥土芬芳的"有温度之作"!

鸿岐老师的好作品确实不少，但有的诗很大程度还体现在对"质"的过分突出与强调上，弱化和淡化了"文"的作用，使有些诗作流于口号式的直白。但瑕不掩瑜，期望鸿岐老师在以后的创作中能有所推敲、锤炼、提升。诗歌评论常说的"文质兼美"，是指形式与内容的完美结合，不管最终的这个"美"，是雅还是俗，但有一点是可以肯定的，那就是："文"与"质"必然的交融互化!

以上所谈、所列举的诗句，皆是我在品读诗作过程中的一些体会、感想，难免有谬误之处，唯祈鸿岐老师及诸位方家指导。真诚期待鸿岐老师在以后的日子里写出更多融情入景，让人感慨的好诗来……

贾录会于兰州耕耘阁

二○二○年元月十三日

后记

记得一位友人曾问我："您为什么要坚持写诗？"我说我信仰诗歌。他追问道："这就是你坚持写诗的理由？""是的，诗歌启人心智，发人深省的艺术力量，已成为我人生的坚强支柱，所以，在我有生之年，既要坚持读诗，又要坚持写诗。"朋友若有所思。

原以为到文联上班，就可以专心致志地搞创作了。然而，事情往往并不如你想象的那般，2015 年，我虽然如愿以偿地到文联上班了，但面对的现实是：有一大堆事务在等待着我来做，机关党建、意识形态、"七五"普法、精准扶贫、巡察巡视、"两学一做"主题教育以及办公室里的常规工作等一系列业务，一个接一个地落到了我的肩头上，每天除了要完成各方面安排的工作任务外，还要定期或不定期地编辑《环江》杂志。加之我以前一直在乡村做农村工作，从未接触过计算机，面对新的工作，一切都得从头学起，从头做起，整天忙得像个陀螺似的运转着，白天根本无暇顾及写作。

这本诗集中的诗歌大部分是我近年来利用晚上休息时间、双休日及节假日写的。虽然有部分诗歌是在省内外的文学刊物上发表过的，但自己心里清楚，有的诗歌还很不成熟，还是有很大提升空间的。欣慰的是，诗稿发表后，却得到了有关文学方面人士以及诗歌爱好者的肯定和好评，这对于我这个初学者来说是莫大的支持和鼓励，也是对自己今后在写作道路上的一种鞭策。

今天，诗集《月光流淌的村庄》终于和读者见面了，欣喜之余，首先要感谢我的家人多年来对我工作和写作的全力支持，感谢单位领导和同事对我伸出的援助之手，感谢安文丽先生不吝笔墨为我题写书名，感谢柴瑞林先生在百忙之中为我撰写序言，感谢师建军、刘志洲、贾录会、张崇洲、任勇先生以及马芝峰女士对我诗歌的长期关注并对不足之处予以指正，感谢在出版这本诗集过程中为我提供过帮助的所有朋友。

由于自己水平有限，不尽人意之处在所难免，恳请读者朋友不吝赐教。

作者

二〇二〇年九月